U0829973

El cartero de Neruda

Antonio Skármeta

邮差

[智利] 安东尼奥·斯卡尔梅达　著

李红琴　译

上海译文出版社

献给玛蒂尔德·乌鲁蒂亚——

聂鲁达诗歌创作的源泉，

而通过聂鲁达，

她也成为那些卑微的诗歌抄袭者的创作源泉

目录

前　言

那个年代，我在一家五流小报当文化编辑。头儿的文艺观念指导我所在部门的工作，他在“圈子”里认得几个人，对此颇为得意。他要求我报道那些不入流的演出公司的女明星，写报道介绍那些曾经做过侦探的人写的书，发表有关流动马戏班子的简讯，或者是每周就某个邻居的儿子掀起的某种时尚给予夸张的吹捧。

在编辑部潮湿的办公室里，每个夜晚，我想成为一个作家的梦想都遭到扼杀。常常是直到黎明时分，我才能开始动笔写新的小说，又总是中途搁笔，因此，我对自己的才能和懒惰倍感失望。与我同龄的作家在国内都大获成功，甚至赢得了国外的大奖：美洲之家文学奖、塞伊斯巴拉尔出版社举办的简明图书奖、南美文学奖和头版文学奖等。这一切对我来说，与其说是羡慕，更是一种强烈的激励，它像冷水浴一样浇向我，让我下定决心在某一天也能完成一部小说。

在那段日子里，从时间顺序来看，也就是书中的这个故事开始的时候——未来的读者会发现这本小说开始时雄心勃勃，结束时却气氛压抑——头儿发现我的懒散作风已经非常危险地发展到使我面带菜色，便决定让我去趟海边组稿。这使我可以在一周的时间内享受海岸的太阳，带有咸味的海风，吃海贝和鲜鱼。此外，还能接触一些会对我的未来大有益处的大人物——那就是打扰诗人巴勃罗·聂鲁达在大海边的宁静生活，通过和他的会面，用头儿的话说，给我们小报的那些无聊的读者搞到诗人的“全方位情史”。总而言之，按智利人的说话方式，让他以最生动的语言讲出他所睡过的女人。

住在黑岛的旅馆中，拿着不菲的差旅费，从赫兹租车公司租来的小车，从头儿那儿借来的好利获得牌手提打字机，所有这些都是他说服我把这件不光彩的活儿干完的理由。除了上述好处，出于年轻人的理想主义，我还抱有另一个想法：带着我写到二十八页的手稿，每天下午用来写聂鲁达的情爱生活；晚上，则听着大海的波涛声，用来写完我的小说。还有呢，我有了某种打算，最后竟到了执着的地步——我与本书的主人公马里奥·希门尼斯很有相似之处，我也想让巴勃罗·聂鲁达给我的小说写序言，带着这个伟大的战利品，我将叩开纳西门托出版社的大门，那样的话，我那难产一般迟迟不能问世的小说会即刻得以出版。

为了让这篇序言不是无止无休地写下去，也避免让我那些遥远的读者陷入不切实际的期待，我做以下几点说明：第一，读者拿在手中的这本小说，不是我在黑岛时想写的书，也不是我在那个时期已经开始动笔写作的书，而是我对聂鲁达失败的突击采访的副产品。第二，尽管有些智利作家一直在品味着成功的美酒（这是一个编辑对我说过的诸多话语中的一句），我始终——现在依然——坚决坚持不发表任何作品。虽然另有一些高明的作家用第一人称写作抒情故事，写出小说中的小说，写出抽象语言、时空扭曲，我还在那些地域主义作家已经斩获颇丰的领域里，搬弄新闻业那些老掉牙的比喻，浮夸地使用被误读了的博尔赫斯的形容词从事写作，尤其执着于一位文学教授曾带着厌恶的口吻断言的：一个全知的叙述者。第三，也是最后一点，对于从下一页开始就要接受折磨的读者来说，他们更加愿意捧在手上的肯定是有滋有味的巴勃罗·聂鲁达情史报道，而不是眼下这部小说，因为如能那样，我也许早就在另一领域里摆脱了默默无闻。这份报道未能问世，绝不是由于我不够无礼，而是诗人的原则所致。诗人带着与我原本低下的初衷所不配领受的友好之情对我说，他的伟大的爱情就是他现在的妻子：玛蒂尔德·乌鲁蒂亚。他说道，他既没激情也没兴趣回顾那“苍白的过去”。至于我大胆地要求他为我那本还没写成的书作序一事，他开着玩笑，把我撵到门口说：“等您写那本书时，我会非常高兴为它作序。”

带着写本书的愿望，我在黑岛停留了很长时间。每个夜晚，每个下午，每个清晨，懒散的作风都会向我袭来。面对空空如也的白纸，我决定到诗人的住处转悠，顺便结识在那所住宅附近溜达的其他人，就这样，我认识了这本书中的人物们。

我知道，不止一位耐不住性子的读者都会发问，一个像我这样懒散到无可救药的人，怎么能完成这本书呢？即使它不算长。一个说得过去的解释是，我用了十四年写完它。想想看，在这段时间里，比如，巴尔加斯·略萨发表了《酒吧长谈》《胡利娅姨妈与作家》《潘达雷昂上尉与劳军女郎》和《世界末日之战》，坦白地说，我真不为我所创造的纪录感到自豪。

再补充一个感情方面的原因，比阿特丽斯·冈萨雷斯到圣地亚哥的法院办事，我陪她吃过几次午饭，她让我为她讲述马里奥的故事，她说她“不在乎我用了多长时间，也不在乎有多少虚构成分”。于是，以她的话作为托词，我两个错误都犯了。

一

一九六九年六月，两个既偶然又寻常的原因使得马里奥·希门尼斯改换了工作。首先，他不喜欢打鱼。干这个活儿，天亮之前就得起床，而几乎每在那个时刻，他都正在做着大胆的爱情美梦，女主角是那样热情奔放，和他在圣安东尼奥电影院的银幕上看到的女郎一模一样。他的这副本事，加上他一向对感冒“情有独钟”，无论是真病还是装病，他隔天就以此为借口逃避替父亲准备船具，这样他就可以在温暖厚实的奇洛埃[1]毛毯里，在甜美的梦呓中觅爱寻欢，直至渔民何塞·希门尼斯浑身湿透、饥肠辘辘地从遥远的大海中归来。马里奥为了减轻自己的内疚心情，为父亲准备了一份丰盛的午餐：脆香的面包，由西红柿和洋葱头外加芹菜、香菜组成的五颜六色的沙拉。马里奥还给自己准备了一片用来“演戏”的阿司匹林药片，当父亲斥责讥讽的目光几乎射入他的骨髓中时，他便把药片塞进嘴里吞咽下去。

“找份差事干吧。”父亲用谴责的目光瞪着他，足有十分钟之久，至少从未少过五分钟，直至最后用干巴严厉的口气扔出这句话。

“好的，爸爸。”马里奥回答，用外套的袖子擦擦鼻子。

如果说这算是一个寻常的换工作的原因，还有一个非常幸运的因素，那就是他有一辆可心的莱尼亚诺牌自行车。他骑着这辆自行车，离开渔民们聚居的小海湾，到圣安东尼奥这个不算大的港口城市去兜风，与他的穷家陋舍相比，他觉得那里也算极其奢华，像巴比伦的宫殿。只要看到印有张着大嘴的性感女郎和露出雪白牙齿嚼着雪茄的彪悍男人的电影广告，他就会心驰神往。两个小时以后才会从影院出来，快快不乐地蹬上车，走上熟悉的归途。有时冒雨沿着海岸赶路，引发感冒。父亲的慷慨大方远没达到能够使他享受富足生活的地步，有时一个星期内倒有好几天囊中羞涩，马里奥·希门尼斯只能跑到旧杂志书店，在那儿可以抚摸他所钟爱的女演员们的照片。

那是百无聊赖、东游西逛的一天，他在邮局办公室的窗户上发现了一张告示，尽管那是手写的，用的是算术本

1　智利南部的岛屿。

上撕下的不起眼的一页纸（算术是他小学时一向成绩平平的一门课程），告示还是吸引了他。

马里奥·希门尼斯从不扎领带，可是他在走进邮局办公室之前，像是佩戴着领带似的，整理了一下衬衫的衣领，又用小梳子着力梳理了两下头发，极力把这从披头士乐队的照片上“继承”来的发型弄得好看一些。

“我是为那张告示来的。”他向办公室的职员坦言，脸上的笑容可以和伯特·兰开斯特[1]媲美。

“您有自行车吗？”职员不耐烦地问道。

他心里正盘算着，顺嘴就说了出来：“有车。”

“那好。”工作人员擦着眼镜回答他，“正需要一名邮递员到黑岛送邮件。”

“太巧了。”马里奥说道，“我就住在黑岛附近的小海湾上。”

“那很好，可糟糕的是只有一位用户。”

“只有一位用户？”

“对，就一位，小海湾的人都是文盲，他们不识字，连数都不识。”

“那位用户是谁？”

1　美国电影演员。

“巴勃罗·聂鲁达。”

马里奥咽下了他感觉中足有一升之多的口水。

“那好极了。”

“好极了？他每天收到好几公斤重的邮件。你骑着自行车，后背上驮着个大口袋，就像在双肩上扛着一头大象。原来为他送信的那位邮递员，退休时背驼得像骆驼一样。”

“可我才十七岁。”

“身体健康吗？”

“我？我是铁人，连感冒也没得过一次！”

办公室职员的眼镜掉到鼻中隔上，他抬眼从镜框上边看着他。

“工资可没几个子儿，别的邮递员用小费找补，而你只有一位客户，还不够你每周去一次电影院呢。”

“我要这个差使。”

“那好吧，我叫科斯梅。”

“科斯梅。”

“你应当叫我堂科斯梅[1]。”

“是的，堂科斯梅。”

1　在西班牙语中，男性的名字前面加上“堂”、女性的名字前加“堂娜”是表示尊重。

“我是你的头儿。”

“是的，头儿。”

男人举起蓝色的圆珠笔，冲着笔吹口气温热一下笔油。他眼睛都没有看着年轻人便问道：

“名字？”

“马里奥·希门尼斯。”他严肃地回答。

把这个头等重要的信息告知对方后，马里奥立即走到窗子旁，撕下告示，把它深深地塞在了裤子的后兜里。

二

浩瀚的太平洋用它那似乎是永无穷尽的耐心没能办到的事情，圣安东尼奥那简朴又温馨的邮局办公室却办到了：马里奥·希门尼斯居然能在大清早翕动着通畅而又有活力的鼻子、吹着口哨早早地起床了。由于他一直极其准时地完成工作，老职员科斯梅决心把自己长久以来一直梦想的“伟业”付诸实现，他非常信任地把办公室的钥匙交给马里奥，以便完成此“伟业”：一觉睡到天光大亮，继而午休将至；午休睡到日落黄昏，晚觉又至。这一觉酣畅淋漓，以致第二天他竟头一回有了想工作的意愿，这在马里奥身上表现明显的意愿，一直以来都被科斯梅小心翼翼地遗忘了。

头一个月的工资迟发一个半月，这在智利是司空见惯的事。邮递员马里奥·希门尼斯用它办了下列几件事：给他父亲买了一瓶科西尼奥马夸尔酒庄的陈年珍藏红酒；给自己买了一张电影票，兴致勃勃地看了一场由娜塔莉·伍德[1]主演的歌舞片《西区故事》；从圣安东尼奥的市场上一个小商贩手中买了一把德国梳子，小贩用编好的顺口溜叫卖："德国人他仗打输，工业他可没有丢，快来买索林根牌好钢梳。"此外，购买了他的唯一客户也是邻居的巴勃罗·聂鲁达创作、洛萨达出版社出版的诗歌《元素颂》。

他打算找个机会，在诗人心情特别好的时候，把书和信件同时递给他，设法搞到他的亲笔签名。就凭这，他就可以在圣安东尼奥或圣地亚哥那些他极有可能结交的非常漂亮的女人们面前炫耀一番。他将用第二个月的工资到圣地亚哥去。有好几次，他差一点就要如愿以偿了，但诗人总是慢条斯理地把信件收下，又总是迅速地塞给他小费（有很多次小费的数目相当可观），诗人那陷入无限深沉的思考的表情，也成了他实现这一愿望的阻碍。总之，在长达两个月的时间内，每当按响诗人的门铃，马里奥都不可避免地想到自己正在扼杀诗人的灵感，诗人刚刚差点就要写出天才的诗句了。聂鲁达接过邮包，给他几个智利盾，然后道别，脸上露出和他的目光一样缓缓的微笑。从这一时刻开始，直至全天结束，邮递员整天背着《元素颂》，期盼着某一天能够攒足勇气。多少次他把诗集反复吟咏，

1 美国电视、电影演员。

多少次抚摸着它，多少次在广场路灯下，把它放在膝盖上，在那些不认识他的女孩子面前，摆出知识分子的架势……最终，他开始阅读诗集了。在他的人生履历中，开启了这一成就，他自认为值得引起诗人的一丁点儿注意。冬日里，一个阳光明媚的早晨，他把书夹在邮件中递给了诗人，说出了在玻璃橱窗前反复排练过的那句话：

“署上您的鼎鼎大名吧，大师！”

对诗人来说，满足他的愿望就像履行一个常规手续，但是，他刚刚完成这个简短的义务，就以他所特有的简洁的礼貌方式道别了。马里奥开始琢磨签字，然后得出结论，如果再写上“诚挚问候，巴勃罗·聂鲁达”，应该也不算过分吧（即使没写上马里奥·希门尼斯）。他准备和诗人建立某种关系，使他在某一天得到一种殊荣，即在致辞中至少诗人用真正的绿墨水写上他的姓名。当然，如果诗人能写上“献给我亲爱的朋友马里奥·希门尼斯，巴勃罗·聂鲁达”，那就最好不过了。他把自己的这些愿望告诉了电报员，科斯梅提醒他，智利邮电局禁止邮递员以无理要求打扰客户，还告诉他，同一本书不能写两次题词。也就是说，无论怎样，要求他——即使他是共产党人——划掉他原来写的话而写上另外一些话，也是不体面的事。

马里奥·希门尼斯认为他的批评是对的。当第二个月的工资到手的时候，他便采取了一个在他看来理所当然的行动，买了本洛萨达出版社出版的《新元素颂》。由于一些不愉快的事情，他放弃了梦想中的圣地亚哥之行，而当狡猾的书商对他说“下个月我给您留着《颂歌》第三辑”时，他越发变得惴惴不安了。

然而，手中的两本书都没有诗人的亲笔题词。在一个和以往一样充满阳光的冬日清晨，尽管题词的事早已被他置诸脑后，吟诵聂鲁达的诗可片刻没停。

三

在渔民中长大的年轻人马里奥·希门尼斯怎么也没料到在那天的邮件中居然有一只“鱼钩”，用它可以“钓”到巴勃罗·聂鲁达这条大鱼。他还没有把邮包交给他，诗人已经准确地认出在他眼前一闪而过的一封信，诗人从未有过这种举动，他一反平日惯有的平静与谨慎，这促使邮递员鼓足勇气向他提出一个问题，既是出于友情，干吗不说呢？

“您为什么先拆那封信？”

“因为信是瑞典寄来的。”

“除非是瑞典女人，还有什么特别的吗？”

尽管巴勃罗·聂鲁达长有一双不大动情的眼睛，此时却闪烁发光。

“诺贝尔文学奖，孩子。”

“他们会授予您。”

“如果他们授予我，我是不会拒绝的。”

“给多少钱？”

全神贯注看信的诗人漫不经心地答道：

“十五万零二百五十美元。”

“又五十美分。”马里奥想开个玩笑，但他本能地控制住了自己这种常犯的不礼貌的坏习惯，而以另外一种最文雅的口气问道：

“那么……”

“嗯？”

“诺贝尔奖授予您？”

“也许吧，可是今年有些候选人有很大获奖的可能性。”

“为什么？”

“因为他们写出了伟大的作品。”

“还有另外那些信呢？”

“我过一会儿再读。”诗人轻声说道。

“啊！”

马里奥预感到谈话已临近尾声，待在那儿出神，就像这位他所敬爱的和唯一的客户偶尔走神一样，他愣神良久，诗人不得不问：

“你在那儿想什么？”

“我在想另外那些信里说的事情，是情书吗？”

身材魁梧的诗人咳嗽了几声。

“看你说的！我已经结婚了，可别让玛蒂尔德听到你说的话。”

“对不起，堂巴勃罗。”

聂鲁达开始摸衣兜，他抽出一张超出一般面额的纸币。邮递员说声谢谢，他完全不为小费的数目感到惊喜，却为眼下急促的告辞而格外伤心。悲伤几乎达到了使他无法动弹的可怕地步。已经准备走进家门的诗人不得不对他明显流露出的怅惘神色表示关切：

“你怎么了？”

“堂巴勃罗？”

“你直挺挺地站在这儿，像根电线杆。”

马里奥扭过头来，注视着诗人的双眼：

“像根长矛戳在这儿？”[1]

“不，像国际象棋的‘车’定在这里。”

“比瓷猫还要老实？”[2]

聂鲁达松开了大门的拉手，他捋捋胡须。

“马里奥·希门尼斯，除了《元素颂》，我还有好得多的书，你把这本书中的所有比喻和象征搬出来对付我是不

1 聂鲁达诗句。

2 聂鲁达诗句。

公正的。”

“堂巴勃罗？”

“好小子！都是比喻！”

“比喻是怎么回事？”

诗人的一只手搭在年轻人的肩膀上。

“我来给你讲一讲，让你大致有个谱，‘比喻’就是用一种东西来对比形容另一种东西的说话方式。”

“您给我举个例子。”

聂鲁达看看手表，叹了口气。

“好吧，当你说‘天在流泪’时，你想说的是什么意思？”

“多容易呀，那就是在下雨呗！嘿！”

“好了，这就是比喻。”

“那为什么一个既是如此简单的东西，却要把它说得那么复杂呢？”

“名称本身与‘简单’或‘复杂’毫无关系，就你看来，一个会飞的小东西不应当拥有一个长长的名字，如‘蝴蝶’[1]。你想想，‘大象’这个词的音节和‘蝴蝶’的一样多，而大象要比蝴蝶庞大得多，又不会飞。”聂鲁达说

1　原文 mariposa，在西班牙语中是个多音节词。

完这句话时已精疲力竭，他又用余下的一点力气热心地给马里奥指出了通往小海湾的方向。而这时邮递员马里奥竟敢冒出了这样的一句话：

“真带劲！我愿意成为诗人！”

“好样的！所有的智利人都是诗人，可是，你还是当邮递员更出风头，至少你走很多路，可以不发胖。而我和智利所有的诗人一样都是大胖子。”

聂鲁达再次握住了大门的把手。正当他要走进房间的时候，马里奥盯着一只几乎看不清的飞翔着的小鸟儿自语道：

“要是我能成为诗人，我就能说出我想说的一切话了。”

“你想说什么呢？”

“对呀，问题就在这儿，正因为我不是诗人，我说不出来。”

诗人的眉头皱了起来。

“马里奥？”

“堂巴勃罗？”

“我要道别，关上大门了。”

“好的，堂巴勃罗。”

“明天见！”

“明天见！”

聂鲁达的目光停留在余下的信件上，过了一会儿，他又打开了大门。邮递员双臂交叉放在胸前，他在琢磨云彩。诗人走近他的身旁，用一个手指弹了一下他的肩头，邮递员没有改变姿势，他看了看诗人。

“我又打开了门，因为我猜到你还在这儿。”

“我在这儿思考。”

聂鲁达用手指头捏住邮递员胳膊的肘部，并牢牢地把他拉到路灯旁，自行车就停放在那里。

“你要坐下来思考吗？如果你想成为诗人，就从边走路边思考开始吧，难道你和约翰·韦恩[1]一样，做不到边走路边嚼口香糖？现在你沿着海滩直奔小海湾，在观察大海的同时，你会想出很多比喻来。”

“您给我举个例子。”

“你看这首诗：

‘在这岛上，

大海，

每时每刻

又有多少海，

1 美国电影演员。

从它自身分流而出，
一会儿点头，一会儿摇头，
摇头，摇头。摇头，
点头，在蔚蓝之中，
在泡沫里，在疾驰中
摇头，摇头。
无法保持平静，
我叫作大海，反复
冲击着一块石头
却无法将它劝服，
于是
就用七条绿狗
七只绿虎
七片绿波浪的
七条绿舌头
舔遍它，亲吻它，
打湿它
敲击着它的胸膛
重复着它的名字’[1]。”

1 该诗为《大海颂》（*Oda al Mar*），刘博宁译。——编者注他满意地停顿了一下，“你觉得怎么样？”

“奇怪。”

“奇怪？你是个多么严厉的评论家！”

“不，堂巴勃罗，奇怪的不是诗歌，奇怪的是您在朗诵这首诗歌时，我的感觉很奇特。”

“亲爱的马里奥·希门尼斯，你是不是弄懂了一点，因为我可没有闲情逸致整个上午跟你在这儿聊天。”

“怎么跟您说那种感觉呢？当您念这首诗时，那些词儿从这儿蹦到那儿。”

“那么，就像大海一样。”

“对，是这样，就像大海一样运动。”

“这就是韵律。”

“我的感觉非常奇特，因为词儿蹦来蹦去让我感到头晕。”

“你头晕了？”

“可不！我像一只小船，在您的词语中颠簸。”

诗人的眼睛慢慢地睁大了。

“就像一只小船在我的词语中颠簸？”

“对啊！”

“你知道你说出的是什么，马里奥？”

“什么？”

“一个比喻。”

“那不算数，因为完全是偶然想出的。”

“没有一个比喻的形象不是偶然想出来的，孩子。”

马里奥把手放在胸前，他极力控制着自己的心跳，这剧烈的跳动已冲到舌尖上，极力要从牙齿缝中迸发出来。他停下脚步，用一根手指非常不适宜地在这位十分荣耀的客户面前比画着，说道：

“您认为所有人，我是说，所有人，用刮风、大海、树木、高山、火焰、动物、房屋、沙漠、下雨……”

“……这里你可以说‘等等’。”

“……所有的等等等等，您认为整个世界的东西都可以用来作比喻吗？”

聂鲁达张大嘴，他那结实的大下巴似乎要从脸上掉下来。

“我给您提的问题都是傻话吧，堂巴勃罗？”

“不！哪里！不！”

“问题是您的表情这么奇怪。”

“不，其实我正在思考。”

他伸出手掌，像是在驱赶一缕烟雾，提了提松垮的裤子，用食指戳着年轻人的胸膛说：

“这样吧，马里奥，我们来订个协议，现在我去厨房，摊个加了阿司匹林药片的蛋饼，以便思考你的问题，明天把我的意见告诉你。”

“真的，堂巴勃罗？”

“对！当然了，一言为定，明天见。”

他朝着家门走去，到了门口，他靠在木门上，慢吞吞地把双臂交叉起来。

“您怎么不进去？”马里奥对他喊道。

“呵，不！这回我等着你离去。”

邮递员从路灯旁推起车子，车铃欢快地响起来，他笑得如此开心，那笑容可以将诗人和周围的一切包容，他说道：

“再见！堂巴勃罗。”

“再见！小伙子。”

四

邮递员马里奥·希门尼斯逐字逐句地琢磨着诗人的话语，在朝着小海湾骑行的路上，仔细观察着波浪起伏的大海。尽管浪涛澎湃，丽日中天，沙滩松软，微风习习，但一切都没有激发他想出一个比喻。大海中的一切似乎是在滔滔不绝，而他却如此沉默，毫无声息，对比之下，他感到连石头都在喋喋不休地饶舌。

难以接近的大自然令人感到心烦，他强打精神朝着小酒馆走去，想喝瓶酒聊以自慰，兴许还能在酒吧碰上某个闲逛的人跟他叫板玩盘桌上足球呢。由于镇上没有体育场馆，年轻的渔民们都弯着腰，围在桌子旁“踢”足球，用以满足体育活动的强烈愿望。

老远以外就可以听到金属撞击声，武利策牌唱机高声作响，再次拨动了漫步者乐队[1]演奏的《许多爱》，这种音乐早在十年前就已在首都销声匿迹，如今在这小城镇却依然流行。一想到平日常有的烦恼会给沮丧的心情雪上加霜，邮递员走进了小酒馆，就在他准备将诗人给他的小费用来换酒喝时，他醉了。在他短暂的一生中，以前饮用过的任何酒都从未使他醉得如此酣畅，那是因为当他用蓝色的、已生锈的小铁人玩桌上足球时，他看到了一位美丽的姑娘。他所见过的姑娘——女演员、电影院引座员、女理发师、女学生、旅客及唱片售货员，和她的美相比，都显得黯然失色。虽然他对女人的渴求几乎与他怯懦的程度成正比（屡次追求失败形成的局面），这次他却身不由己地鼓起勇气来到“塔卡塔卡”足球桌旁。他在红色球桌旁停了下来，笨拙地掩饰着自己的痴迷，两只不安分的眼睛随着桌球的滚动转来转去，当姑娘进球碰到铁栅栏发出轰响声后，他抬起头来，用格外诱人的微笑望着姑娘。对如此殷勤的表示，姑娘的反应是，打了个手势，让他去担任对方球队的前锋。马里奥几乎没有注意到姑娘的对手是一位女友。他在用臀部把这位姑娘推到后卫的位置时才意识到这一点。他一生中很少感到自己的心跳是如此剧烈，血液拼命往上冲，他用双手捂住胸部，极力按住心跳。这时，姑娘敲击了一下桌旁的白球，摆出架势要把球带到中场。随着几十年岁月的消逝，球桌中圈的色彩早已褪尽。当马

1 Ramblers，1959 年在智利组建的一支爵士乐和摇滚乐队。

里奥准备挥动球杆，用灵活的手腕来打动姑娘时，姑娘把小球举起，将它放在自己的牙间。她那一口皓齿在这破旧的小院内闪闪发光，犹如一阵银雨向他倾泻而来。接着，她身子向前倾斜，小了两个号的衬衫紧裹着她的身躯，露出丰满的胸脯，她让邮递员把她口中衔着的球拿出。邮递员像是受到羞辱，又像是处在某种被催眠的状态，他迟迟疑疑地举起右手。当他的手指几乎碰到球时，姑娘忽地跑开了，只留下她那讥讽的笑声。马里奥的胳膊停在空中，近乎荒唐地在既无酒杯又无香槟的情况下，为一场永远不能实现的爱情干杯。而后，她扭动着身体向酒吧走去，双腿似乎合着比漫步者乐队演奏的音乐还要起伏跳动的乐曲舞动着。马里奥无须照镜子就知道自己已经面红耳赤，且大汗淋漓。另一个姑娘则占据了空出来的位置，在桌边框旁狠狠地敲打了一下球，想把他从呆若木鸡的状态中唤醒。心神沮丧的邮递员抬起眼睛先看看球，又打量了一下自己这位新对手的双眼。虽然面对大海时他自知平庸不才，想不出任何比喻和象征，而此时，他却能悻悻地自语道，如果和这位不起眼的乡下姑娘玩这场球：A，比和他的妹妹跳舞还要乏味；B，比没有足球赛的星期天还要无聊；C，像蜗牛赛跑一样荒唐好笑。

他根本没眨一下眼睛与她道别，便沿着心仪的人离去的方向，朝着酒吧内的柜台走去。他像坐在电影院的椅子上一样，一屁股坐下来，心醉神迷般长久地欣赏着他心仪的姑娘，她正冲着那些粗糙的高脚杯哈气，然后用一块绣着智利钟花的巾帕将它们擦拭得晶莹剔透。

五

电报员科斯梅有两项原则，一是对社会主义的信仰，为此他乐此不疲地在下属中进行宣传鼓动，而这显然是多余的，因为他们已经是信仰者或称积极分子；第二个原则是，在办公室佩戴邮局工作人员的工作帽。他可以容忍马里奥那有着“无产阶级”渊源、比披头士乐队队员的发型还要“略胜一筹”的乱蓬蓬的头发，沾满自行车齿轮油污的牛仔服，早已褪色的、雇工们常穿的那种外套，用小手指抠挖鼻子的习惯，但是每当看到他不戴帽子走进办公室时，他都会火冒三丈。因此，当面容憔悴的邮递员朝着分理邮件桌走来，有气无力地对他说“早上好”时，科斯梅用手指头指着他的脖子，阻止他把话说出，把他引到挂帽子的衣架旁，把帽子深深地扣到他眉毛的上方，示意他重复刚才的问候。

“早上好，头儿。”

“早上好。”科斯梅吼道。

“有诗人的信吗?”

“有他很多信，还有一封电报。”

“有一封电报?”

年轻人把电报举起来，企图通过光的透射看到里面的内容。顷刻，他已经跑到大街上，跨上了自行车，眼看就要踩脚蹬了，科斯梅手里攥着余下的邮件，站在大门口冲他喊:

“这儿还有不少信呢!”

“那些信我一会儿送!”他边说边向远处骑去。

“真是个大傻瓜!”科斯梅喊道，“你得跑两趟。”

“我一点儿也不傻，头儿，我可以见到诗人两次。”

在聂鲁达的大门前，他使尽力气拉了一下门铃的系绳，大约过去了三分钟的时间，没有见到诗人的身影。他把自行车靠在路灯下，拼尽全身力气向海滩跑去，在那儿，他看到聂鲁达正跪在沙滩上挖着沙子。

“我真有运气!”他叫着，在岩石上连跑带颠地朝着诗人的方向奔来，“电报!”

“你准是起了个大早，小伙子。”

马里奥走到他身边，喘着粗气，约十秒钟后，才开始说话:

“早起没关系，我真有运气，因为我必须和您谈谈。”

“那一定是很重要的事?你像马一样喘着粗气。”

马里奥的大手从前额上捋过，擦了擦汗水，又把电报在大腿上蹭干，最后把它放在诗人手中。

“堂巴勃罗，”他极其严肃地宣布，“我恋爱了。”

诗人拿电报当扇子，在他的鬓须前上下挥动着。

“好啊，”他答道，“没这么严重，那有办法治。”[1]

“有办法治？堂巴勃罗？如果真的有办法，我宁愿生这场病，我恋爱了，狂热地恋爱着。”

一向慢腾腾讲话的诗人，说出两个字，犹如两块石头落在地面上：

“和谁？”

“堂巴勃罗？”

“喂，是谁？”

“她叫比阿特丽斯。”

“但丁，迪安特列斯[2]！”

“堂巴勃罗？”

“有一回，一个诗人爱上了一个叫比阿特丽斯的女子。叫比阿特丽斯的姑娘们可以使爱情狂热。”

邮递员挥动着他的比克牌圆珠笔，在自己的左手心上

---

1 “办法”一词在西班牙语中也有“药方”之意。

2 原文为 diantres，来源于法语，意即“魔鬼”，形似 Dantes（但丁），诗人用谐音开玩笑。

画了起来。

“你在干什么？”

“我在写那个诗人的名字，但丁……”

“但丁·阿利吉耶里。”

“带 h 吗？”

“不！不对！以 a 开头。”

“a 就是虞美人的 a？”

“就是虞美人和芹菜[1]的 a。”

“堂巴勃罗？”

诗人拿出一支绿色的笔，他把年轻人的手放到岩石上，用特大号字写下了那个名字。当他准备打开电报时，马里奥用他那无比显赫的手心拍打着自己的前额，叹息道：

“堂巴勃罗，我恋爱了。”

“这个你已经说过了，我能帮你什么忙吗？”

“您必须给我帮忙。”

“就凭我这把年纪？”

“您必须给我帮忙，因为我不知道和她说什么，看着她站在我面前，我就像哑巴一样，一句话也说不出。”

“怎么！你没和她讲话？”

1 虞美人（amapola）和芹菜（apio）均以 a 开头。

“几乎没讲。昨天我就像您所说的那样在海边溜达。我长时间地观望着大海，一个比喻也没有想出来。于是，我走进了一家小酒馆，买了一杯酒，就这样，是她把酒卖给了我。”

“比阿特丽斯。”

“比阿特丽斯，我看着她，并且爱上了她。”

聂鲁达用铅笔的另一端在自己平坦的秃顶上划动着：

“这么快？”

“不，没这么快，我看着她足有十分钟。”

“那她呢？”

“她对我说：‘你看什么？难道我是丑八怪吗？’”

“那你呢？”

“我什么也没想出来。”

“一点儿也没想出来？你连一个词也没跟她说？”

“一点儿都没说也不对，我对她说了五个词。”

“哪五个词？”

“你叫什么？”

“那她呢？”

“她对我说：‘比阿特丽斯·冈萨雷斯。’”

“你问她‘你叫什么’，那只有三个词[1]，还有另外两个

---

1 “你叫什么”对应的西班牙文是“Cómo te llamas”，刚好为三个单词。

词呢？”

“比阿特丽斯·冈萨雷斯。”

“比阿特丽斯·冈萨雷斯？”

“她对我说比阿特丽斯·冈萨雷斯，于是我重复了一遍比阿特丽斯·冈萨雷斯。”

“孩子，你给我送来了一封加急电报，如果我们继续谈论比阿特丽斯·冈萨雷斯的话，这条消息就要在我的手中腐烂了。”

“那好吧，您打开电报。”

“你作为邮递员应当知道邮件是个人隐私。”

“我从未打开过您的信。”

“我没说你打开过，我要说的是，一个人有权利静静地读他的信件，没有旁人盯着，也没有目击者。”

“我懂了，堂巴勃罗。”

“我很高兴。”

马里奥感到袭击着他的羞愧比流淌着的泪水更加困扰他，他用肝肠寸断的语调嘟囔了一声：

“再见，诗人。”

“再见，马里奥。”

诗人赶上去递给他一张大面额的钞票，希望用“慷慨大方”这一艺术手法结束这一段小插曲。而马里奥却黯然神伤地望着他，把钱还给了他，说道：

“如果不是太麻烦的话，我不想要您的钱，而想请您替我为她作一首诗。”

聂鲁达已经有好几年没有奔跑了，但是此时他感到必须紧随着那些候鸟离开这里，紧随着那些贝克尔[1]用多少美好的诗句讴歌过的鸟儿离开这里。以他的年龄和身体尚能允许的速度，他向海边跑去，双臂举向空中：

“可是我连她是谁都不知道，诗人必须认识这个人才能产生灵感，不能从虚无缥缈中编造。”

“您看，诗人，”邮递员紧追不舍，“写一首诗，您就这么费劲，看来您永远也别想得到诺贝尔奖了。”

聂鲁达气喘吁吁地停了下来。

“那么，马里奥，请你拧我一下，好让我从这场噩梦中醒过来。”

“既然是这样，堂巴勃罗，我能跟您说什么？您是镇上唯一能帮我忙的人，所有的人都是渔民，他们什么也不会说。”

“可是那些渔民们也恋爱过，他们和喜爱他们的姑娘也说了一些话。”

1　西班牙浪漫主义诗人。

“都是鱼脑子。”

“而他们爱上了姑娘们，并且和她们结了婚。你父亲是怎么做的？”

“他就是个渔民。”

“这就是个例子，他一定跟你妈妈好好谈过，说服你妈妈跟他结婚。”

“堂巴勃罗，这种比法不合适，因为比阿特丽斯比我的妈妈漂亮得多。”

“亲爱的马里奥，我按捺不住好奇心要看电报了，你同意吗？”

“非常同意。”

“谢谢。”

聂鲁达原想顺着信封把电报打开，但实际上他一下把整个信封都扯坏了。马里奥踮起脚尖，想从诗人肩后瞟一眼电报的内容。

“不是瑞典寄来的？”

“不是。”

“您相信今年会把诺贝尔奖授予您？”

“我早就不操那份心了，看到自己的名字像匹赛马一样出现在每年的参赛名单上，这会让我火冒三丈。”

“那么电报是谁发来的？”

“党中央委员会。”

诗人停顿了一下，神情极为不悦。

“孩子，今天不会恰巧是星期二，十三号吧？”

“是坏消息？”

“坏极了，他们提名我为共和国总统候选人。”

“堂巴勃罗，那可太棒了！”

“提名你才太棒呢！假如我真的当选了该怎么办？”

“您一定会当选，所有人都认识您。我父亲的家里仅有一本书，那就是您的书。”

“那又能证明什么？”

“干吗要能证明什么？如果我爸爸既不会认字也不会写字，却有您的书，这就意味着我们必胜。”

“我们必胜？”

“当然了，我无论如何要投您的票。”

“感谢你的支持。”

聂鲁达把电报剩余的部分叠起，并把它深深地“埋葬”在裤子后面的口袋中。邮递员用一双湿润的眼睛看着他，那副神情让诗人想起帕拉尔[1]霏霏细雨中的一只小狗。

诗人面部没有任何表情，他说：

“现在我们去酒馆，去结识那位有名的比阿特丽

---

1 诗人诞生的小城。

斯·冈萨雷斯。”

“堂巴勃罗，您在开玩笑？”

“我是认真的，我们去酒吧，尝一小盅酒，看一眼那位未婚妻。”

“假如她看到我们在一起，会感动得要死。巴勃罗·聂鲁达和马里奥·希门尼斯一块儿在酒馆里喝酒，她会感动得要死！”

“那是很悲惨的事，没能献给她一首诗，却要为她书写墓志铭。”

诗人迈着强健的步伐疾步向前，当看到处于惊愕之中的马里奥还远远落在后面时，他回过头来对他说：

“又怎么啦？”

邮递员连蹦带跳，很快来到了诗人的身旁，他望着诗人的眼睛：

“堂巴勃罗，如果我能和比阿特丽斯·冈萨雷斯结婚，您能答应做婚礼的伴郎吗？”

聂鲁达轻轻抚摸着修剪齐整的胡须，做出正在思索如何回答的样子，而后，他以不容置疑的姿态把一根手指放在额头上，“在小酒馆喝完酒后，我们将就两件事做出决定。”

“哪两件事？”

“共和国总统职位的竞选和比阿特丽斯·冈萨雷斯。”

六

当渔民看到巴勃罗·聂鲁达在一个陌生年轻人的陪伴下走进小酒馆时（这位年轻人与其说是扛着一个皮口袋，不如说是紧紧地抓着它），决定提醒新的女店主注意这一对客人的到来，因为其中的一位是尊贵的宾客。

“来人了！”

两人在面对柜台的两把椅子上坐了下来，扫视整个柜台，目光停在一个十七岁的姑娘身上，她那卷曲的栗色头发被微风吹得有些零乱，像樱桃一样圆溜溜的棕色眼睛流露出几分忧郁却又充满自信，粉颈流泻而下，胸部“别有用心”地被小两号的运动衫紧紧地“压迫”着，乳房虽遮盖严实，仍有几分不安生，她腰肢诱人，让人想要搂着她大跳探戈，直跳到把黎明送走、酒全喝光。就在姑娘离开柜台，走到厅内地板上的一瞬间，她显露出身体的各个姣好的部位：在娇小的腰肢下，双臀扭动，令人迷醉，身着一条别有韵味的迷你裙，使得那修长的大腿格外引人注目，古铜色的膝盖之下，两只脚走起路来像在跳一段慢拍舞蹈。她赤裸着双脚——那双脚充满野性之美，非常圆润，至此皮肤引领看客目光回溯，细致入微，直至那双咖啡色的眼睛。当看到桌边的客人时，她那忧郁的眼神中会立刻闪现出调皮和机灵。

“足球之王，”比阿特丽斯·冈萨斯说道，用她的小拇指戳着漆布桌布，“您要点儿什么？”

马里奥用目光盯着她的眼睛，足有半分钟的时间，他企盼着大脑赋予他一点点启示，使他能从紧紧刺激着他的精神压力下得到解脱：我是谁，我在哪儿，该怎么呼吸，该怎么说话……

尽管姑娘重复说着“您要点儿什么”并用她那纤细的手指敲击着桌子，马里奥·希门尼斯却更加陷入了无言以对的窘态之中。于是，比阿特丽斯·冈萨雷斯把她那有几分威慑力量的目光转向了他的同伴，她长有一排闪光皓齿的小嘴巴发出了和谐悦耳的声音，如若在其他场合，诗人聂鲁达会把姑娘的这句问话看成例行公事：

“您要点儿什么？”

“和他一样。”诗人答道。

七

两天以后，一辆满载着标语牌的卡车来到诗人的寓所将他“劫持”而去，这些贴有诗人画像的标语牌上写着“聂鲁达，总统！”。诗人在自己的“日记”中总结了自己的感受：“政治生活像霹雳一样把我从自己的创作中唤出，人们给我上了生活中重要的一课，我怀着诗人固有的怯懦、胆小鬼的窘迫走近他们，但是，一旦投入了他们的胸怀中，我感到自己被彻底改变了，我是绝大多数人的组成部分，我是人类大树上的一片叶子。”

赶来告别的是这棵大树上另一片忧伤的“树叶”——邮递员马里奥·希门尼斯。然而，就在诗人拥抱他后，诗人非常郑重地把洛萨达出版社出版的、用圣经纸印刷的诗集和三册红牛皮精装本《诗歌全集》送给了他，但他并没有因此而得到安慰，甚至在得到了昔日他最渴望的写在诗集上的题词“献给我的挚友、同志——马里奥·希门尼斯，巴勃罗·聂鲁达”之后，他仍是愁肠百结。

他看着卡车沿着泥土小路疾驰而去，他希望飞扬的尘土像埋葬一具庞大的尸体一样，彻底把自己覆盖。

出于对诗人的忠诚，他发誓在没有逐页读完他的三千页诗歌之前，不会轻易葬送自己的性命。前五十页他是在钟楼下读完的。此时此刻的大海，曾给予诗人灵感，创造出多少光辉灿烂的形象化的比喻，而予他呢？大海就像一个枯燥无味的提词员，反复叨念着："比阿特丽斯·冈萨雷斯，比阿特丽斯·冈萨雷斯。"

这两天他在小酒馆外面溜达，自行车后面系着三卷诗歌和他在圣安东尼奥买的托雷牌练习本，他原想借助大师行云流水般的抒情诗捕捉到突发而至的灵感，然后在本子上记录下来。在那段日子里，渔民们看到他拿支铅笔不停地涂画着，心力交瘁地面对着大海。他们不知道，他在一页一页的纸上画满了简单的圆形和三角形，这些看来毫无意义的内容，正是他想象力的 X 光片。只需几个钟点，小海湾的人们就会传言，黑岛的巴勃罗·聂鲁达不在此地，邮递员马里奥·希门尼斯正极力在为继承他的王位而奋斗，以十分"专业化"的样子沉浸在无尽的苦恼之中。他对人们的嘲笑挖苦全然不觉，直至某一天的下午，当他坐在码头上"啃"着《怪异集》这本书的最后几页，渔民们在这儿出卖他们的海鲜产品时，来了一辆装有扬声器的小型卡车，传来尖声厉气的口号声：“让智利总统候选人豪尔赫·亚历山德里消灭马克思主义！”与之相配合的另一个声音虽不算足智多谋，但听上去至少是底气十足：“一个在政府事务中有丰富经验的人：豪尔赫·亚历山德里·罗德里格斯！”从喧闹的小卡车上走下两个穿白衣服的人，他们走近人群，一副笑容可掬的样子。这里附近的人们由于缺牙短齿，因而少见这种过分奢侈的笑容。他们之中的一个人是议员拉韦，地区右翼力量的代表人物，他早就许诺把电力设施扩建到海湾地区，可兑现总是姗姗来迟，可以看到的是，在十字路口莫名其妙地安置了一个红绿灯（虽然也是法定的三种颜色），收鱼的卡车、马里奥·希门尼斯的莱尼亚诺牌自行车、驴、狗、受了惊吓的母鸡通通从那儿穿过。

“我们在这儿为亚历山德里工作。”他边说着边把传单发给人们。

渔民们只是客客气气地把传单收起来，由于左翼势力长期主宰该地区，渔民们又大多数是文盲，他们看了看照片上这位前统治者的照片（这位老人的表情、作为和他那严厉的说教完全一致），就把传单塞进衬衫的口袋中，只有马里奥把传单还给了他。

“我投聂鲁达的票。”他说。

议员拉韦向马里奥和渔民们投以动人的微笑，所有人都为拉韦的亲切笑容深深地着了迷，也许亚历山德里本人知道渔民们热爱他，才派他在这些长于精工制作鱼钩、颇有心计避免上当的渔民中间展开竞选宣传。

“聂鲁达，”拉韦重复道，给人的印象，他在提到诗人名字时，每个音节都是从牙缝中通过的，“聂鲁达是个伟大的诗人，很可能是最伟大的诗人，但是，先生们，坦率地说，作为智利总统，他不行。”

他把传单硬塞给马里奥，并对他说：

“你读读，真的，也许你会被说服。”

邮递员把折叠的传单放进衣袋时，议员拉韦弯下腰去搅动一只筐里的蛤蜊。

“一打卖多少钱？”

“您买，一百五十比索。”

“一百五十！你必须向我保证每个蛤蜊中都有一颗珍珠！”

受到拉韦轻松谈话的感染，渔民们都笑了。这就是智利的富人们在他们所到之处营造一种愉快气氛的本事。议员站起身来，离开马里奥往前走了两步，带着使人感到幸运的贵族式的微笑，他把嗓门提得很高，唯恐有人听不到：

“我听说你迷上了诗歌，有人说，你要和巴勃罗·聂鲁达较量一番。”

随着渔民们轰然而起的大笑声，马里奥的脸变得通红，他感到语塞、张口结舌、透不过气、惶惑茫然、庸俗猥琐、粗俗不堪，他的面颊变得绯红、鲜红、洋红、橙红、朱红、紫红，继而湿漉漉、灰溜溜、黏答答，直至完蛋。这回他终于想出了词儿，但那是：“我要死了。”

这时，议员拉韦摆出一副颐指气使的派头，命令他的助手从皮箱中抽出点东西。在小海湾丽日下发出金灿灿光芒的是一本包有蓝色牛皮、封面有两个烫金字母的纪念册，极其精美和高雅。相形之下，诗人在洛萨达出版社出版的、上好质地牛皮封面的诗集，也显得黯然失色。

拉韦把纪念册递给他时，双眼充满极其真诚的友情，他对马里奥说道：“拿着吧，孩子，用它来写你的诗歌。”

绯红慢慢地、令人愉悦地在皮肤上消退，好像一股清爽的海浪救了他，微风轻轻吹拂着他，生活，如果算不上美好，至少还是可以忍受的。他深深地吸了第一口气，带着无产者的、并不比拉韦逊色几分的亲切微笑，用手指抚摸着光亮的蓝皮封面，说道：

“谢谢，拉韦先生。”

八

纪念册的每一页都洁白晶莹，发出亮闪闪的光泽，这让马里奥·希门尼斯找到了不舍得用它写诗的恰到好处的借口。只有在托雷牌练习本上涂满草稿时，他才会赶忙用普拉维亚之花牌香皂把双手洗净消毒，把经过整理删除后剩下的最好的比喻，用绿色的圆珠笔，抄写到纪念册上，那笔和诗人一直使用的笔一模一样。在这以后的几周内，他越是文思枯竭，他的“诗人”名气反而越大，人们在不断地宣传，说他对诗歌上了心。这话也传到了电报员耳中，他要马里奥在圣安东尼奥社会主义党的一次政治文化活动上朗诵他的诗作。邮递员无奈，只好朗诵了聂鲁达的《风暴颂》，博得了稀稀落落的掌声，他们还让他在召开新的会议时朗读《康吉鳗杂烩颂》，让党员和积极分子们娱乐一下。电报员又特别提议在港口渔民之间还要再次组织一次晚会。

在人们面前频频“亮相”、一时没有人需要他去送信而带来的悠闲，都没能缓和他渴望接触比阿特丽斯·冈萨雷斯的心情。姑娘在一天天变得更加完美漂亮，全然不知道这一切给邮递员带来的影响。

当邮递员背下了大量诗句，并准备用它们吸引姑娘时，他却和智利最令人感到可怕的人交手了：姑娘的母亲。一天下午，他耐心地站在街角的路灯下，装成若无其事的样子等着姑娘时，他看到比阿特丽斯打开了自己的家门，他念叨着她的名字，朝她蹿过去，这场面正好让她的母亲撞见，她像厌恶一只虫子一样用怀疑的目光盯着他，说道："早上好。"那声调无疑在说"快滚开"。

第二天，他采用了巧妙的策略，趁他所爱恋的人不在小酒馆的时候，他来到酒吧，把他的口袋放到柜台上，向姑娘的母亲要了一瓶上好的酒，把它塞进信件和印刷品之间。

他干咳了几声之后，环视一下酒馆四周，就好像第一次到来一样，"这儿挺漂亮。"他说。

比阿特丽斯的母亲礼貌地答道：

"我没有问您的看法。"

马里奥注视着皮质邮包，很想钻进口袋里，和那酒瓶待在一起。他再次干咳几声：

"聂鲁达的邮件已积存了很多，我把它们带在身边，以免丢失。"

那女人的胳膊交叉放着，不友好地扬起脸说道：

"得了，您为什么跟我念叨这些事，难道您想让我也搭话茬儿?"

在这次"友好"谈话的驱使下，当天傍晚，太阳橘红色的余晖使爱恋中的情人和这位诗歌习作者无限愉悦之时，马里奥没有觉察到姑娘的母亲正在她家的阳台上监视着他。他尾随姑娘的脚步来到海滩上，又来到岩石滩，忐忑不安地向姑娘倾诉衷肠。起初说得十分急切，但是后来，他开始娓娓道来，就像他是个木偶，而聂鲁达是那个要口技的人，诗歌中的比喻如连珠妙语滔滔不绝，以至于和姑娘的谈话，或者说马里奥的诗歌朗诵会，一直延迟到夜幕完全降临。

比阿特丽斯从岩石滩直接回到小酒馆，她像个梦游者一样，从桌子上举起一个只喝了一半的酒瓶。两个渔民正在饮酒，他们哼唱着罗伯托·莱卡罗斯[1]的《帆船曲》，对眼前的事感到十分诧异。接着，她拿着这瓶未能使人尽兴的酒朝房间走去，母亲念叨着是关门的时候了，对没喝好酒的顾客，她分文不取，把他们送到大门口后，将店门

---

1 智利电影配乐作曲家。

锁好。

她看到女儿在房间内任秋风吹拂，毫无遮盖，忧郁的目光凝视着斜挂的满月，半明半暗的月光洒满小床，可以听到姑娘不安的呼吸声。

“你在干吗？”她问她。

“我在想事。”

母亲一下子把灯拉开，灯光直射在她急速回避的面孔上。

“如果你是在想事，我想看看你想事的时候脸色什么样。”

比阿特丽斯忙用双手捂着眼睛。

“深秋了，窗子还敞开着！”

“这是我的房间，妈妈。”

“可是医生的账要我来付。打开天窗说亮话，孩子，他是谁？”

“他叫马里奥。”

“他是干什么的？”

“是邮递员。”

“邮递员？”

“您没看到他的邮包？”

“我当然看见了，我也看见他的邮包用来干什么了——装一瓶酒。”

“因为他已经送完信了。”

“他给谁送信？”

“给堂巴勃罗。”

“聂鲁达？”

“因为他们是朋友。”

“他告诉你的？”

“我看到他们在一起，有一天他们一块儿在酒馆聊天。”

“他们聊什么？”

“聊政治。”

“嘿！他还是共产党员！”

“妈妈，聂鲁达要当智利总统了。”

“我的女儿，如果你把诗歌和政治混为一谈，用不了多久，你就要成为单身母亲了。他都跟你说了些什么？”

比阿特丽斯的话已经滑到了嘴边，她故意迟疑了几秒钟，把话就着滚烫的唾液又咽了下去。

“比喻。”

母亲一把抓起简陋的铜质单人床上的小饰物，紧紧地攥着它，直至确信可以将它熔化掉。

“您怎么了，妈妈？您在想什么呢？”

女人走到女儿的身边，一下子瘫倒在床上，有气无力地说道：

“我从未听到你说过这么长的词儿。他对你说了些什么比喻？”

“他对我说……他对我说‘我的微笑犹如一只蝴蝶展现在我的面庞’。”

“还有呢？”

“您听着，当他这样说时，我笑了。”

“还有呢？”

“于是，他又说到了我的笑声，他说，我笑得像玫瑰花，似利箭的碎片，像潺潺流水的水花，他说我的笑声，像急速掀起的银白色的浪花。”

女人用发颤的舌头舔舔双唇。

“那你又干什么了？”

“我沉默不语。”

“那他呢？”

“他又跟我说了什么。”

“不是，孩子，他对你又干了些什么？因为您这位邮递员除了长了嘴以外，他一定还有手呢。”

“他从未碰过我。他说，他感到幸福，躺在一个纯洁的姑娘身边，就像躺在白色海洋的岸边。”

“那你呢？”

“我沉思，什么也没说。”

“那他呢？”

“他对我说，我沉默的时候叫他喜欢，因为我仿佛不在他的身边。”

“那你呢？”

“我看着他。”

“那他呢？”

“他也看着我。后来他不再看我的双眼，他长久地看着我的头发，什么也没讲，就像他在沉思，于是，他对我说：‘我没有时间来赞美你的头发，我应当一根一根地数，一根一根地把它们赞颂。’”

母亲站了起来，两只手掌在胸前交叉，抬至水平，就像裁纸机的刀口。

“孩子，你不要再讲了，我们的情况非常危险，所有的男人，他们都是先动嘴，然后再动手，越来越离谱。”

“他说的话一点恶意也没有。”比阿特丽斯把枕头拥在怀里说道。

“没有比‘甜言蜜语’更厉害的毒品了，它使一个乡下小酒馆的女招待把自己看成维也纳的公主。然后，到了动真格的时候，回到现实中，你就会明白‘甜言蜜语’只是一张空头支票。我一千次地宁愿一个醉汉在酒吧摸你的屁股，也不愿意有一个人对你说，你的微笑比蝴蝶飞得还要高。”

“像只蝴蝶展现在面庞。”比阿特丽斯跳了起来纠正道。

“飞也罢，展现也罢，全是一回事，你知道为什么吗？空话背后什么也没有，就像五颜六色的烟花，消失在空中。”

“马里奥对我讲的话不会消失在空中，我都记在心里了，我干活儿的时候，喜欢回味这些话。”

“我明白了。明天你打点行李，到圣地亚哥你的姨家住几天。”

“我不愿意。”

“我可不在乎你的想法，事情已经很严重。”

“一个男孩子跟你说说话有什么严重？所有姑娘都会碰到这种事。”

母亲在披肩上打了个结。

“首先，也是明摆着的事，他对你说的这些话全是从聂鲁达那儿抄来的。”

比阿特丽斯把脖子扭过去，注视着白墙，那神色就像凝视着一条地平线。

“不对，妈妈，他看着我，那些词儿就像小鸟一样从嘴里跳出来。”

“像嘴里的小鸟！今天晚上你就收拾你的行李，到圣地亚哥去！你知道学别人说的话，又不让人家知道，是什么行为？抄袭！你的那个马里奥完全可能进监狱，就因为他向你讲了那些……比喻！我要给诗人拨电话，我会告诉他邮递员在抄袭他的诗句。”

女人用拇指蹭蹭鼻子，摆出一副职业拳手的架势。

“夫人，亏您想得出，堂巴勃罗怎么会操那份心！他是共和国总统候选人，还可能把诺贝尔奖授予他，您却要为个把‘比喻’到他那儿去搬弄是非。”

“只是个把‘比喻’?！你知道你已经到了什么地步了?”

她揪住姑娘的耳朵，使劲往上提，一直到母女两人的鼻子快贴到一起了。

“妈妈！”

“你浑身已经湿透了。你在发高烧，孩子，对付你的病只有两种药，或成为别人的笑柄，或外出旅行。”

她松开女儿的耳朵，从小床下面抽出手提箱，把东西抖落在床上。“去收拾你的行李！”

“我不想去，我就要留下！”

“孩子，河水把石头卷走，甜言蜜语让姑娘怀孕，快收拾行李！”

“我会保护自己！”

“你怎么会保护自己！像你现在这副模样，用指甲划一下就会完蛋！此外，请你记住，我读聂鲁达的诗要比你早得多！我还不知道么，男人们头脑发热时，连肝儿都有诗意！”

“聂鲁达是个严肃的人，他就要当总统了。”

“谈到上床的事，总统、牧师，或者是共产党的诗人，他们之间没有什么区别，你知道谁写下了这样的诗句？‘我爱水手们那吻后便一走了之的爱情。他们留下诺言。他们从未回来。’[1]”

“聂鲁达！”

“当然了！呸！就是聂鲁达！而你却毫不在乎！”

“我绝不会为一个‘吻’而闹得满城风雨。”

“为一个‘吻’你不会，但是，‘吻’就是可以掀起燎原大火的火星。这儿还有聂鲁达的另一句诗：‘我爱那可以三分为吻、床第和面包的爱情。’或者说，我的宝贝儿，和你实话实说吧，连早餐都要在床上吃！”

1　母亲引用的聂鲁达诗句均出自《告别》(*Farewell y los Sollozos*)，陈黎、张芬龄译。——编者注

“妈妈！”

“然后，小姐，你的邮递员还会给你背诵那首聂鲁达的诗，在我像你一样大时，我就曾写在纪念册上的聂鲁达那人所共知的诗句：‘亲爱的，我不要他。这样就没有任何事物束缚我们，这样我们之间再无任何瓜葛。’”

“这我不懂。”

母亲用她的双手比画出一只小气球，“气球”在她的肚脐上开始变得越来越大，从腹部直至大腿根部。她在做这个动作的同时，还一字一句地对女儿重复着诗句：“‘亲、爱、的、我、不、要、他、这、样、就、没、有、任、何、事、物、束、缚、我、们、这、样、我、们、之、间、再、无、任、何、瓜、葛。’”

姑娘茫然地看完母亲用手指比画的形状，从母亲无名指上戴的象征寡居的戒指上得到了启发，她用小鸟一样的声音问道：

“是戒指？”

自从她的丈夫、比阿特丽斯的父亲死后，这个发誓今生永不再哭泣——除非另一个亲人去世——的女人此时差点潸然泪下。

“是的，孩子，是戒指，你就死心塌地收拾行李吧！什么也不用说了。”

姑娘咬着枕头，过了一会儿，她露出那不仅仅能吸引他人，也能像把肉嚼烂一样把床单咬碎的一排皓齿大声嚷起来：

“简直是荒唐！就因为一个男人对我说‘微笑像蝴蝶展现在我的面庞’，我就必须去圣地亚哥。”

“别犯傻了！”母亲也暴跳如雷。

“今天你的微笑像只蝴蝶，明天你的乳房就会变成两只等待求爱的小鸽子，你的奶头就会变成两枚有滋有味的覆盆子，你的舌头将是众神温暖的地毯，你的屁股则是一艘大船的船帆，此时你两腿之间还在冒热气的东西，将成为黑黝黝的暖房，那儿将养出民族的新人！晚安！”

九

一周以来马里奥想象出来的所有“比喻”全卡在了喉咙之中。比阿特丽斯时而被关在她的房间，时而出来购物，时而到岩石滩散步，前臂上总是挎着母亲的“铁爪”。他隐藏在沙丘的后面，在距她们远远的地方跟随着她们，他坚信他的出现对这位太太来说，就像后脖子上挂一块大石头一样令人讨厌。每当女孩回一下头时，妇人就会揪揪她的耳朵让她扭回去，这样的保护方式可没少让她遭罪。

下午他在小酒馆外面闷闷不乐地听着《帆船曲》，期待着那个身穿超短裙的身影来到他身边，他梦想着用他的舌尖将那短裙高高掀起。带着年轻人所特有的神秘心理，他决定不用自己的双手去抚慰那忠诚的、越来越频繁的勃起。白天，诗人的著作可将“勃起”掩饰，而夜晚来临时，则只能在痛苦中受煎熬。他用可以原谅的浪漫主义情调想象着，他想出来的每个比喻、每声叹气、可能在他耳畔响起的她的每一句话语，都刺激到他的双腿，都是一种孕育他的精液的超凡力量。当上帝决心证实他的存在，把她放到他的怀抱中时，这上百升高质量的精液，一定会使比阿特丽斯感到幸福，为了这一天的到来，哪怕是她的母亲患了心肌梗死，哪怕是通过强行劫持的手段，他也在所不惜。

那是一个星期天，还是那辆红色的车，两个月前它把聂鲁达带走，现在又把他送回他在黑岛的寓所。不同的是车身四周挂满带有一个男人画像的宣传牌，那是一张既严肃又温和的父亲的面庞，有着雄鸽一样饱满高贵的胸膛。在每个广告牌的下面都写着他的名字：萨尔瓦多·阿连德。

渔民们跟在车后跑起来，马里奥也把那点有限的田径运动员的全部本事拿了出来。在聂鲁达家的大门口，他把斗篷折上去披在肩上，戴着他那顶经典的骑师帽，发表了一段简短的即席讲话。在马里奥看来，它的意义是永恒的。

“我被定为候选人，像点燃了一把火，”诗人说道，他深深地吸吮着大海所特有的气味，大海也是他的家园，“所到之处，所有人都恳请我出山，在那些蜂拥而来、亲吻着我、在我面前流泪的男人和女人面前，我心软了。我和他们所有人讲话或给他们朗诵我的诗歌。他们淋着大雨，有时伫立在街道和马路的烂泥中，他们冒着使人发抖的瑟瑟南风，令我激动不已。越来越多的人加入集会中，越来越多的女人赶来了……”

渔民们笑了。

“怀着十分惶惑又惴惴不安的心情，我开始考虑，如果我当选为共和国的总统，我会做些什么。就在这时，传来了好消息，”诗人伸出手臂，指着卡车上的标语牌，“阿连德作为人民联盟各种力量的唯一候选人出面竞选。在我党做出接受这一决定之前，我迅速递交了候选人辞呈。在人潮如海、群情激昂的集会上，我宣布退出，阿连德宣布参加竞选。”

人数不算众多的人群报以极其热烈的掌声，聂鲁达从台阶上走下来，急切地想重新看到他的书桌、蜗牛壳、中断的诗歌、船头木雕像……这时，马里奥走上来，用近似哀求的声调说：

“堂巴勃罗……”

诗人做了个细微的动作，像个真正的斗牛士一样，闪身避开马里奥。

“明天，”诗人对他说了声，“明天。”

这天夜里马里奥失眠了。他数星星、啃指甲，几口喝下一瓶涩口的红葡萄酒，抓耳挠腮打发时光。

第二天，电报员科斯梅亲临现场，目睹了他的这副“遗容”，把诗人的信件交给他之前，出于同情心，科斯梅推心置腹地对他讲了他唯一能想出来的，也是很现实的劝慰话语：“比阿特丽斯现在是个美人，五十年以后就成了一个老太婆，你就用这种想法安慰自己吧！”

接着他把装有信件的包裹打开，捆绑邮包的皮筋刚一松开，有一封信立刻引起了小伙子的注意，他又一次把余下的信件扔在了分信台上。

他看到诗人重新回到了熟悉的环境中，在露台上吃着丰盛的早餐，阳光直射在海面上，海鸥惊恐地轰然飞起。

“堂巴勃罗，”用空前沉重的声调，他“宣判”道，“我给您带来了一封信。”

诗人品味着浓香的咖啡，耸了耸双肩。

“既然你是邮递员，我不感到奇怪。”

“作为朋友、邻居和同志，我请求您打开信读给我听。”

“怎么？给你读一封我的信？”

“是的，因为那是比阿特丽斯的妈妈写的。”

他把信平展在桌子上，犹如放下一把锋利的短剑。

“比阿特丽斯的母亲给我写信？这里头有秘密，真凑巧，我想起了我的《猫颂》，我还在想呢，有三个比喻可以借用：‘猫儿，是迷你的沙龙之虎，是房间内的秘密警察，是情欲屋顶上的苏丹。’”

“诗人，今天我不想听比喻，请读信，劳您大驾了！”

用涂黄油的刀子划开信封时，诗人显得如此笨拙，整个动作足有一分钟之久，“人们说，报复是上帝的乐趣，这话真有道理。”马里奥想。这时，诗人停了下来，开始琢磨起邮票，审视着装饰这枚邮票的名人头像的每根胡须，似乎在破译圣安东尼奥邮局办公室那无法弄明白的邮戳，最后把粘在信封“收信人”位置上的面包渣捏了下来。没有哪一位侦探电影的大师能把邮递员置于类似的悬念之中，没了指甲尖，马里奥只好一个一个地啃起手指肚。

诗人开始以他那读自己的诗句时使诗歌变得更加戏剧化的语调读起信来：

“尊敬的堂巴勃罗：给您写信的是冈萨雷斯的遗孀罗莎，海湾小酒馆的新承包者、您的诗歌的崇拜者、基督民主党的支持者。尽管我没有投您的票，在下轮选举中也不会投阿连德的票，我以一位母亲、智利人、黑岛邻居的名义，要求紧急约见您，跟您谈……”

从这会儿开始，与其说是在“犯坏”，不如说是出于惊愕，诗人默不出声地读着最后几行，脸上突然出现的严肃神情，使邮递员把小拇指咬出了血。聂鲁达把信叠起来，朝着年轻人斜睨一眼，把信的内容背出来：

“……跟您谈一个叫马里奥·希门尼斯的诱骗青少年的坏家伙的事情。别无他事，诚挚地问候您，罗莎·冈萨雷斯。”

他站了起来，暗自拿定了主意：

“马里奥·希门尼斯同志，小白兔跑颠颠，这个洞我不钻。”

马里奥紧随着他一直来到客厅，一个几乎被大量的贝壳、书籍、船头木雕像“压垮”的客厅。

“您不能甩下我不管，堂巴勃罗，您和那位夫人谈谈，让她别发疯。”

“孩子，我只是个诗人，我可没有那些对付丈母娘的高明办法。”

“您一定得帮助我，因为您本人写过：‘我不喜欢没有屋顶的房子，没有玻璃的窗。我不喜欢没有劳作的白日，没有梦的夜晚。我也不喜欢没有女人的男人，没有男人的女人。我渴望彼此的生活融为一体，点燃亲吻在此刻终止它的沉寂。我是一个不错的说媒诗人。’[1] 我想，现在您不

1　诗句引自聂鲁达《伴侣颂》(*Oda a la Pareja*)，刘博宁译。——编者注

会对我说这首诗歌是张空头支票吧！”

面色苍白、惊诧愕然，犹如两排大浪从肝脏冲至双眼，诗人舔舔瞬间变得发干的双唇，他冲口而出：

“根据你的逻辑，哈姆雷特的父亲被杀害，就应该把莎士比亚关起来，如果可怜的莎士比亚没有写这部悲剧，这位父亲肯定什么事也不会发生。”

“诗人，请您不要给我添乱了，我够呛了，我的要求非常简单，您和那位夫人谈谈，请求她让我和比阿特丽斯见面。”

“这样你就感到幸福了？”

“幸福。”

“如果她同意你见那姑娘，你就让我得到点儿清静？”

“至少到明天。”

“给一点是一点，我们去给她打电话。”

“此时此刻？”

“说对了！”

诗人拿起话机，琢磨着年轻人那大大的双眼。

“我能从这儿感觉到你的心脏像小狗一样在猛跳，用手把它压住，小伙子！”

“我办不到。”

“好吧，告诉我小酒馆的电话号码。”

“1……”

“你背出这个号码要使出吃奶的劲了。”

拨号以后，在诗人尚未讲话之时，马里奥还得忍受这段长久的空白时间。

“是堂娜罗莎·冈萨雷斯吗?”

“请您吩咐。”

“我是巴勃罗·聂鲁达。”

诗人正在做着向来使他感到不舒服的事情，他模仿着一位电视节目主持人在介绍明星时所使用的声调说出了自己的姓名。然而，无论是那封信，还是眼下刚刚开场的和那个女人的冲突，都让他意识到，为了把他的邮递员从这种“半死不活”的状态下解救出来，哪怕是让步到下贱的地步也要在所不惜。然而，他那有影响力的大名，在寡妇罗莎这儿只配一个简单的：

“啊哈！”

“我为您那封亲切的来信向您表示感谢。”

“您什么也不用感谢，先生，我想马上和您谈话。”

“您请讲吧，堂娜罗莎。”

“面谈。”

“在哪儿?”

“听您的。”

聂鲁达停顿下来思考了一会，小心翼翼地说道：

“那就在我家。”

“我这就去。”

在挂电话之前，诗人抖了抖话机，像是想把那个女人留在里面的余音清除掉一样。

“她说什么了？”马里奥用哀求的声音问道。

“‘我这就去’。”

聂鲁达搓搓自己的双手，无可奈何地合上了本子。（他原本准备在到达黑岛的第一天便把它写满绿色的比喻。）他不遗余力地给小伙子以勇气，而此时这恰恰也是他自己所需要的。

“至少我们拥有‘主场作战’的优势，孩子。”

他走到电唱机旁，突然高高兴兴地举起一个手指头，宣布道：

“我从圣地亚哥给你带来了一个非常特别的礼物：《邮差先生》。”

话音刚落，由披头士乐队演奏的《邮差先生》的声音就在客厅内回响起来。厅内的船头木雕像失去了平衡，装在瓶内的帆船倒翻，非洲面具的牙齿发出嘎吱嘎吱的声音，地面上镶制的方石地砖也蠢蠢欲动，木头抻长了，工艺坐椅上精致的小玩意儿变得心神不宁，姓名镌刻在房梁上的故去的朋友正在缓缓醒来，已长久熄灭的烟斗里冒出了缕缕烟雾，来自奇恰马里的鼓肚形陶瓷饰品弹起了吉他，墙壁上那幅装饰画《美好年华》中的少女们散发出芳香，蓝色的马在疾驰，惠特曼诗歌中陈旧的火车在长久的鸣笛声中徐徐开动了……

诗人像托着一个刚出生的婴儿一样，小心地把唱片的封面放到马里奥的手上时，他开始跳起舞来，缓缓地挥动着那鹈鹕翅膀一样的胳膊，像街区里的头发蓬乱、狂跳劲舞的冠军们一样。诗人的两条腿踩着音乐的节拍，那是经常体验到异国情人或乡下村姑温存的腿，它们曾走遍了大地上的一切道路，包括那些通过他的颖悟绝伦的文采创造出的道路。他那虽有几分吃力但长年累月练就的舞艺，使鼓声变得柔和动听。马里奥深知，此时他仿佛置身在梦幻之中，这是天使到来之前的序幕，它承诺荣耀即将来临，也是宣告的仪式，预示着将把姑娘送到他的怀抱之中，情人那充溢的唾液将送至他那带着咸味的、极其渴望的双唇。诗人就是火焰中身着长袍的天使——以他所特有的缓慢而又柔和的舞姿——在向年轻人许诺不久之后的婚礼。马里奥欣欣然面露喜色，微笑就像每日餐桌上出现面包时一样自然地浮现在他的脸上，“如果有一天我会死去，”他对自己说，“我愿天空像此刻一样明朗。”

然而，通往天堂的火车从来都是慢行列车，而且要在那些潮湿、令人窒息的车站逗留。只有通往地狱的火车才是直达快车。当看到罗莎·冈萨雷斯遗孀扭动着身躯和双脚，带着“决一死战”的信念出现在窗子后面时，一种令人窒息的灼热感猛然充满了年轻人的血管。诗人巧妙地让邮递员躲在挂帘后面，然后，他以脚后跟为支点旋转一圈，高雅地脱下他的骑师帽，伸出一只胳膊邀请夫人坐到那只最柔软的沙发上。寡妇却拒绝了这一邀请，她把双腿叉开，舒展一下她那被压迫着的胸膈膜，开门见山地说道：

“我必须对您说的事情非常严重，不能坐着说。”

“夫人，关于哪方面的事？”

“几个月以来，一个叫马里奥·希门尼斯的家伙总是在我的酒馆周围转悠，这位先生对我刚满十六岁的女儿非礼。”

“他对她都说了些什么？”

寡妇从牙齿缝之间啐出：

“比喻！”

诗人将唾液吞咽下去。

“还怎么啦？”

“用那些‘比喻’，堂巴勃罗，他把我的女儿煽乎得火烧火燎。”

“堂娜罗莎，我们可是在冬季。”

“我那可怜的比阿特丽斯完全是为了这个邮差而在自我摧残。这个邮差唯一的财富是那忙忙碌碌的双脚脚趾上长着的脚气。如果说他的双脚爬满细菌，他的嘴巴可像生菜一样香甜可口，他纠缠不休，像海藻一样讨厌，更严重的是，巴勃罗先生，他的那些引诱我的小姑娘的‘比喻’全是他不知羞耻地从您的书上抄袭来的。”

“不是！”

“就是！他一开始天真地说什么，一个微笑像一只蝴蝶，可是后来，他竟然对她说她的胸脯像是两簇燃烧的火苗！”

“那么，他使用的这个比喻，您认为其性质是视觉的，还是触觉的？”诗人问道。

“触觉的。”寡妇答道，“现在我禁止女儿外出，直到这位希门尼斯先生消失。您可能认为我把她隔离的做法太残酷，可是您看，我是在她的乳罩里偷偷发现的这首下流诗。”

“在乳罩里烤焦了吧？”[1]

---

1 “chanchito”下流、“chamuscado”烧焦，前一个音节相同，诗人借谐音开玩笑。

女人从她自己的裙兜中掏出一张无疑是从托雷牌算术练习本上撕下的纸，以法官宣读文书一样的声调，以侦探般的机警宣读起来，特别强调了“裸体”这个词：

“裸体的你单纯如你的一只手，

光滑，朴拙，小巧，圆润，透明，

你有月亮的线条，苹果的小径，

裸体的你纤细有如赤裸的麦粒。

裸体的你蔚蓝如古巴的夜色，

藤蔓和星群在你发间。

裸体的你，辽阔澄黄，

像夏日流连于金色的教堂。”[1]

她把写有诗歌的纸头搓揉了几下，重新“埋葬”在围裙兜之中，并得出了这样的结论：

“也就是说，聂鲁达先生，邮递员看到我的女儿赤身裸体了。”

此时，诗人为自己曾信仰辩证唯物主义关于宇宙的学说而感到十分悲哀，因为他现在亟须上帝的仁慈。忐忑不安的诗人试着做了解释，但显然还不能像查尔斯·劳顿[2]

---

1 引自聂鲁达《一百首爱的十四行诗》(*Cien Sonetos de Amor*)，陈黎、张芬龄译。——编者注

2 英国舞台剧和电影演员。

那样的名律师一样，甚至能把死人说成活人：

“我可以说，罗莎夫人，从诗歌中不一定能推断什么事实。”

寡妇摆出大为不敬的神情审视着诗人：

“我养育了她十七年，肚子里怀了她九个月，这首诗没骗人，堂巴勃罗，我的小姑娘光着身子时，恰恰就是这首诗中说的这副样子。”

“我的上帝！”诗人恳求道。别的什么话也说不出来了。

“我请求您，”女人说道，“命令那个您给了他灵感，并且您很信任的叫马里奥·希门尼斯的家伙，小邮差、抄袭者，从今天起永远不许见我女儿。并且告诉他，如果他不这样办的话，我本人，会亲自把他的双眼挖掉，就像那个不要脸的叫米歇尔·斯特罗哥夫[1]的小邮差所遭受的命运一样。”

虽然寡妇已走出了房间，她留下的“粒子”仍活跃在空气中间，诗人说了句“再见”，戴上了骑师帽，拍了拍幕帘，邮递员就在后面躲藏着。

“马里奥·希门尼斯，”诗人说这句话时，并没有看着

1 法国作家儒勒·凡尔纳笔下的人物。

他，“你面色苍白，像只白面口袋。”

年轻人跟着他来到露台上，诗人在那儿深吸几口海风。

“堂巴勃罗，如果从外表看我是苍白的，那么从内心看我简直就是青紫了。”

“形容词不能把你从冈萨雷斯遗孀滚热的烙铁下救出来，我简直就像看到你拄着一根白色拐杖在分理信件，身边一条黑狗，双眼眼窝空空，活像乞丐的存钱罐。”

“如果不能见到她，要双眼睛来做啥？”

“伙计，即使您再绝望，在这个家里，我允许您努力去进行诗歌创作，可是，别在我这儿哼波莱罗[1]。这位冈萨雷斯夫人，也许不会去实现她的威胁，但她一旦这样做了，那可恰恰如俗话所说的那样，她会把你的一生变得像狼嘴一样黑暗。”

“她如果伤害我，她就要进监狱。”

诗人在年轻人背后，像在舞台上一样，走出一个半圆形，带着伊阿古[2]贴着奥赛罗的耳朵出坏主意时的神情，对马里奥说道：

---

1 西班牙民间舞形式，音乐通常为中速三拍子，步伐动作复杂，一只手臂高举，以响板伴奏。——编者注

2 莎士比亚悲剧《奥赛罗》中的人物。

“仅个把小时，他们就会将她无条件释放，她会辩解说她这样做出于自身防卫。她会斥责你用‘白刃武器’侵犯了她的宝贝儿的贞洁，那就是你哼唱出的比喻，像锋利的匕首、像尖利的狗牙、像穿破阴道瓣一样撕心裂肺。您的那些诗歌，伴着您那极其丰富的口水，会在未婚妻的乳头上留下痕迹，而因为比这要轻得多的罪名，人们就曾把弗朗索瓦·维庸[1]吊在一棵树上，脖子上的鲜血像盛开的玫瑰喷射而出。”

马里奥感到他的眼睛湿润润的，连发出的声音也是潮乎乎的：

“即使那个女人用剃刀刮我的骨头，我也在所不惜。”

“真遗憾，没有三重唱的吉他手给你伴奏这支小曲儿，吐——噜——噜——噜——”

“我痛心的是不能看到她，”邮递员神色凝重，“她那樱桃般的双唇，她那深邃又忧郁的双眼，就像这漆黑的夜晚，真遗憾，不能嗅到她散发的温暖气息！”

“用那位老太婆的话来说，比‘温暖’要热得多，那可是火焰般的灼热。”

“她的母亲为什么要赶走我？而我是想跟她结婚的。”

1　法国中世纪诗人。

“依罗莎夫人之见，你除了脚指甲上的污垢，没有任何其他富余的东西。”

“可是我年轻而且健康，我的双肺拥有比手风琴还要大的风箱。”

“可是你只是用它来为比阿特丽斯·冈萨雷斯叹息，现在你发出的气喘病一样的叹息，就像一只幽灵之船的汽笛声。”

“哈！就凭我这肺活量，可以吹动一艘护卫舰，一直开到澳大利亚。”

“孩子，如果你继续为冈萨雷斯小姐而折磨自己，不出一个月，你连吹灭自己生日蛋糕上小蜡烛的气力都没有了。”

“好吧，那我该怎么办？”马里奥大声叫道。

“第一，请你不要对我大声喊叫，因为我不聋。”

“对不起，堂巴勃罗。”

聂鲁达挽起他的胳膊，给他指指路。

“第二，回到你的家中，睡个午觉，你的眼窝深陷，比汤盘还要深。”

“我已经一个星期没合眼了，渔民们叫我‘猫头鹰’。”

“而再过一个星期，人们就会把你放进被亲切地称为‘棺材’的木头盒子里，马里奥·希门尼斯，这次谈话简直比一列货运火车还要长，再见！”

他们已经走到了大门口，诗人果断地把大门打开，当马里奥被一个轻微的动作推到路上时，他的整个面庞直至下巴，都变得像石头一样严肃。

“诗人、同志，”他以坚定的语气说道，“您让我卷入了这场纠纷，您要帮我从这里解脱出来，您把自己的书送给了我，您教会我使用语言，用在给邮票盖戳以外更多一些的事情上，由于您的过错，我恋爱了。”

“不对！先生，赠你两本书是一回事，准许你抄袭诗歌是截然不同的另一件事，此外，你把我写给玛蒂尔德的诗赠给了她。”

“诗歌不属于创作者，而属于使用者。”

“我很喜欢如此民主的言论，但是我们可不要把民主引向极端，在家中用投票的方式来决定谁是父亲。”

邮递员怦然动情，他打开自己的邮袋，从里面抽出一瓶诗人最喜欢的酒。诗人掩饰不住满腹同情，向他报以温柔的微笑。他们回到客厅里，他拿起电话机，拨通了电话号码。

“是罗莎·冈萨雷斯夫人吗？巴勃罗·聂鲁达再和您讲几句话。”

尽管马里奥很想通过电话听筒听到对方的回答，可是声音只传到了诗人那饱受折磨的耳膜。

“即使是耶稣带着他的十二个圣徒来，邮递员马里奥·希门尼斯也休想走进这个家。”

聂鲁达抚摸着自己的耳朵，目光望向空中，像是在巡视什么。

“堂巴勃罗，您怎么了?”

“没什么，真的，没什么，现在我才体会到拳击手在第一个回合就被击倒是什么滋味。”

十

九月四日夜晚，一条令人异常兴奋的消息传遍了世界：萨尔瓦多·阿连德，作为马克思主义者，第一次以民主选举的方式在智利总统竞选中获胜。

堂娜罗莎的酒馆里，几分钟之内便挤满了人，渔民、春季的旅客、获准次日可以放假的学生们，还有诗人巴勃罗·聂鲁达，他凭着统计学家般的精明，猜到很多国际通讯社想通过长途电话的方式对他进行采访，因此离开了自己的寓所。由于有“更加美好的未来”的许诺，顾客们也都慷慨解囊，罗莎夫人没有别的办法，只好把女儿放出来，参加竞选胜利的狂欢活动。

马里奥·希门尼斯毫无顾忌地待在离人群非常近的地方。当电报员从他那牌号已模糊不清的福特 40 车子上走下来，汇入欢庆节日的人群中时，邮递员迎上去，托他办一件事。由于政治上的胜利而十分愉快的这位上司，欣然答应帮忙。这是一件小小的“撮合”：方便时，悄悄地转告比阿特丽斯，邮递员在附近那间放渔具的棚屋中等着她。

议员拉韦突然走进酒馆，引起人们极大的关注。他身着白色三件套西服，和他微笑时露出的牙齿一样白，渔民们叫嚷着嘲笑他：“夹着尾巴逃吧。”他从人群中走过，走到柜台前，聂鲁达正在一杯一杯地饮着酒，拉韦用凡尔赛宫廷式的礼貌姿势对诗人说道：

“堂巴勃罗，民主的原则就是如此，必须懂得认输，失败者向胜利者致敬。”

“那就干杯，议员先生！”聂鲁达答道，递给他一杯酒，并把自己的杯子举起来去和拉韦碰杯。人们鼓起掌来，渔民们高喊：“阿连德万岁！”又高呼：“聂鲁达万岁！”电报员悄悄地为马里奥捎了口信，他的嘴几乎贴上了姑娘那性感的耳垂。

姑娘从酒坛边走开，脱下围裙，从柜台里拿出了一只鸡蛋。在这群星满天的夜晚，借着灿灿星光，姑娘赤裸着双脚，赴约而去。

打开棚屋的门，她从杂乱无序的家什中，马上认出了坐在一只修鞋匠使用的矮凳上的邮递员，小油灯发出的橘黄色光芒照射在他的面颊上。此刻的马里奥，第一次在桌上足球台旁看到姑娘时的心情再次袭来。他一眼便看到了她那小巧娇美的迷你裙，还有裹紧身体的上衣。和他记忆中的一切完全一样，姑娘用脚把门关上后，举起椭圆的、易碎的鸡蛋，把它放到自己的唇边，又把鸡蛋稍稍下放一点，放到离自己的乳房很近的位置，鸡蛋合着她那舞蹈着的手指的节拍，沿着她那跳动的双乳滑动，滑到她那光洁细腻的胃部，她把鸡蛋送到腹部，又滑到阴部上方，把它卧放在大腿交叉的三角部位，迅速地温暖了它，于是，她用热辣辣的目光注视着马里奥的双眼。他欲站起来，姑娘用手势阻止了他。她又把鸡蛋放到额头上，让它沿着古铜色的皮肤滑动，从鼻中隔的位置上滑到唇边，用上下牙齿将它衔在口中。

这时马里奥深知，几个月以来，忠实地反映他激情的精液的流泻，与此刻从他下身喷发出的（丝毫不是比喻夸张的）炽热的“大火山”相比较，不过是个“小山丘”。“岩浆”使他全身血液沸腾，视力模糊，连口中的唾液都变成了精液。比阿特丽斯示意他跪下。当姑娘似乎腾空走近他并停在他身边时，虽然地面是粗糙的木头，但在他看来，胜似王公贵族的华丽地毯。

姑娘用手势示意他必须把自己的双手摆成“小篮子”的形状。如果说，俯首帖耳有时候对他而言是不可忍受，而此时，他唯愿成为奴隶。姑娘向后弯曲着身体，鸡蛋像个小巧的平衡木技巧者，它滑过姑娘的衬衫和裙子，直至落到马里奥的手心之中。他抬起头来，看着比阿特丽斯，看到她皓齿中的舌头像团鲜红的火焰，迷蒙的双眼露出坚定的目光，眉宇中流露出期待小伙子主动进攻的神色，马里奥小心翼翼地举起鸡蛋，就像它马上要孵出小鸡来一样。他把它放到姑娘的腹部，带着魔术师般的微笑，让鸡蛋沿着她的臀部滑动，缓缓地用鸡蛋画出姑娘臀部的线条，并让它弹跳至姑娘身体的右侧，与此同时，比阿特丽斯微张着嘴巴，腹部和臀部随其手指的弹跳而跳动。当鸡蛋“走”完全程，年轻人又把它送回到姑娘腹部的弓形处，把它放在胸部的心窝间，随着鸡蛋向上翻滚，滑到颈部，比阿特丽斯收紧下巴，微笑着把鸡蛋卡着，这微笑与其说是意味着亲热，不如说是一道命令。于是马里奥张开嘴向鸡蛋靠近，他把它叼在嘴中，然后闪到一旁，等着她走过来用嘴把鸡蛋夺回。从鸡蛋壳表面感到她的嘴唇擦过时，他的口腔内流溢着愉悦美好的滋味，他吻到的她那第一小段皮肤，正是他在梦中渴求的、姑娘所放弃的最后一座碉堡。他轻轻地舔着她的每一个毛孔，亲吻着胳膊上的每一根细小的汗毛，那丝绸一般轻柔地闭合的眼睑，那令人眩晕般的低垂的头颈。收获的季节来临了，孕育着的、浓烈而又厚重的爱情成熟了，一切话语都是多余的。“这个时刻”，他自语，“这个”，“这个时刻”，“这个，这个，这个，这个”，“这个时刻”，“这个，这个，这个时刻，这个”……当她用嘴把鸡蛋取回时，他紧闭着双眼。黑暗中，他用整个身体伏在她的后背上，头脑中仿佛是平静的大海中猛然间跳跃起一群鳞光闪闪的鱼儿。沐浴在漫漫无际的月色中，唾液流淌在那姣好的后颈上，此刻，他确信自己懂得了“无穷”的含义。他又换到恋人身体的另一侧，再一次用牙齿把那只鸡蛋叼在口中，这时，两人就像在无声音乐的伴随下跳起舞来，她将衬衫的袒胸领解开，马里奥任鸡蛋从她的乳房上滑过。比阿特丽斯解下腰带，把那件令人感到窒息的上衣撩起，当衣服越过她的头部被扔下时，在煤油灯的映照下将那金色的胴体裸露出来时，鸡蛋落到地上摔碎了。马里奥费劲地将她的迷你紧身裙脱下，姑娘体内散发出的醉人的气息掠过他的鼻子，他气也透不过来，便用舌头舔起来。这时比阿特丽斯发出一声意蕴深长的喘息，像哭泣、像呻吟、像是发自喉咙、像一首优美的乐曲，又像是出自狂热。这喘息声延续了几秒钟，她的整个身体颤抖着，直至神情恍惚。她滑到木质地面上，把一个手指头轻轻地放到曾舔吻过她的那张嘴上，又用这湿漉漉的手指伸进小伙子粗布缝制的裤子中，摸到他那粗大的阴茎时，她用沙哑的声音对他说道：

“你刚让我高潮了，傻瓜。”

十一

“计时牌翻开的两个月后举行了婚礼。”电报员如是说。罗莎·冈萨雷斯遗孀老到于作为母亲所特有的尖锐的目光，自打这场富有几分喜剧色彩的对抗赛揭开帷幕以来，她对任何一场战役从未掉以轻心，于是，他们早晨、白天、夜间都展开了争斗。邮递员愈加面色苍白，这并不全是由感冒引起，感冒早已魔术般地治愈。而比阿特丽斯·冈萨雷斯，据邮递员练习本所描述，那些自发的目击者所证实，她是一天比一天如花似玉，光彩照人，似金光耀眼，如霞光灿烂，且轻盈靓丽。星期六的晚上，当马里奥·希门尼斯来到酒馆向姑娘求婚时，他深信自己的这份恋情注定要得到寡妇的当头一枪，无论是能说会道的本事，还是深邃奥妙的头脑，都会被击得粉碎。而冈萨雷斯遗孀、罗莎夫人一向信奉实用主义的哲学原则，她打开一瓶巴尔迪维索酒庄的香槟，喝下三杯满溢着泡沫的酒，虽然面部表情十分平静地回复了邮递员的请求，她讲出的一句话却足以取代一颗可怕的子弹："兵来将挡，水来土掩！"

由此，使得已无法挽回的事实在教堂的大门口以圆满的结局收场。以冒失鬼著称的电报员，看着聂鲁达英国面料的蓝色西服，用滑稽可笑的声调说道：

"您看上去真帅，诗人。"

聂鲁达调整了一下他那意大利丝绸领带，带着明显的戏谑口吻说道：

"我是在全面彩排，阿连德任命我为驻巴黎大使。"

冈萨雷斯遗孀的目光扫过聂鲁达的全身，从已发秃的头顶到闪烁着节日色彩的锃亮的皮鞋，她说道：

"吃饱的鸟儿要展翅高飞。"

当人们朝着通往圣坛的走廊走去时，聂鲁达悄声对马里奥讲出了他的预感：

"我极其担心，孩子，冈萨雷斯夫人决计用谚语的大炮展开一场对付'比喻'的战斗。"

两个原因致使整个仪式过程非常短暂：这位出类拔萃的男傧相的车就在门口等着将他送到机场；这对年轻的新人经过近三个月的秘密来往，迫不及待地要以合法的身份在众人面前一展风姿。而马里奥的父亲，却想方设法在唱机上又放上一张"特木科人"蒂托·费尔南德斯[1]的《献给茉莉花的华尔兹》，他边放音乐边放声大哭，想起了他死去的妻子，“你从天堂里看看小马里奥，这一天他是多么幸福呀！”他邀请堂娜罗莎跳舞，她也不再提以前总是重复的那些话语，而是在这个“贫穷但实诚”的男人的臂膊中旋转着。

邮递员马里奥极力想让聂鲁达再跟着披头士乐队演奏的《邮差先生》跳一支舞，但没能成功。诗人深知公务在身，不能给反对派的舆论留下任何把柄，因为阿连德政府刚执政三个月，已经有人在散布“一切显然是失败了”的言论。

电报员不但宣布下周让他的下属马里奥·希门尼斯休息，还同意他不参加那些旨在把基层组织起来、把人民政府的积极作用发挥出来的政治会议。“不能让小鸟儿身在樊笼心在家。”他用不同寻常的比喻方式说道。

后来的几个月，在比阿特丽斯那张简陋的床上所发生的一切，让马里奥感到，在此之前他所享受的一切，不过是一场电影贫乏的引子，此时呈现在眼前的，才是正式上演的彩色全景大片。姑娘的皮肤总是充满魅力，每一寸皮肤、每一根汗毛、每一道褶皱、每一个毛孔，甚至连她阴

1 智利音乐家。

部每一缕卷曲的毛发，对他来说都能产生全新的感受。

这样甜蜜的生活持续了四个月后，一天清晨，在耐心地听完女儿最后一声兴奋的喘息声后，罗莎·冈萨雷斯遗孀破门而入小两口的房间，她二话不说，一把扯下盖在他们身上的床单，把他们赤裸的身子推到地面上，马里奥害怕地用双手遮盖住挂在两条腿中间的那玩意儿，只听到她说了一句话：

“我同意您跟我的女儿结婚，我以为是把一位女婿引进家门，而不是一个吸血鬼。”

年轻人希门尼斯看着她走出了房间，随后听到巨大的、令人难忘的摔门声，当他寻求比阿特丽斯同情的目光以向她倾诉委屈的心情时，看到的只是她那极其严肃的表情。

“我妈妈说得有道理。”她说道，这种声调让小伙子第一次感到，在她的血管里流淌着和寡妇同样的血液。

“你想让我怎么办？”他大叫，那声音足以让整个小海湾都能听到，“既然诗人在巴黎，我给他妈的谁去送信！”

“你找个事儿干！”他那曾是温柔女友的妻子大吼道。

“我不是为了听你重复那些我爸爸总跟我唠叨的蠢话才跟你结婚的。”

房门第二次被狠狠地摔了一下，诗人赠送的披头士乐队的唱片封面从墙壁上掉了下来，他怒气冲冲地骑着自行车奔向圣安东尼奥。看了一场罗克·赫德森和多丽丝·戴出演的喜剧片后，他盯着广场上女学生的大腿，在冷饮店喝酒打发了余下的时间。他本想去找电报员做个伴儿，但电报员正在就如何打赢生产的战役，给人们做鼓动演说。马里奥打了两个哈欠，又骑车返回小海湾，他没有走进小酒馆，而是朝着他父亲的家走去。

堂何塞把一瓶酒放在桌子上，对他讲道："说吧！"酒很快就喝光了，父亲快速地"诊断"道：

"你必须找个工作，孩子。"

虽说马里奥远没有强烈的愿望去实现找到工作这神话般的目标，工作却"得来全不费功夫"。人民联合政府为了向人们证明他们对小海湾的关注，让旅游部制订了一个度假计划，组织圣地亚哥纺织厂的工人外出旅游。一位地质地理学家、长有一双炽热的眼睛和一个能说会道的嘴巴、名叫罗德里格斯的同志，来到小酒馆，向冈萨雷斯遗孀提出一项建议，问她是否赞同赶上时代的潮流，把酒吧改成餐厅，为夏季驻扎在附近帐篷里的十二个家庭的成员准备午、晚餐。当罗德里格斯同志让她明白新工作将给她带来丰厚的盈利时，寡妇只迟疑了五分钟，然后用命令式的眼光看着她的女婿，对他说道：

“您准备负责厨房的工作吗，马里多[1]？”

马里奥·希门尼斯感到，这一瞬间使他至少衰老了十年。他那温柔无比的比阿特丽斯正面对着他，用恬静的微笑鼓励他。

“是的。”他说着，喝下了杯子中的酒，表现出苏格拉底喝下毒汁时的热情。

他一直在琢磨并牢记诗人的那些比喻，现在又添入了一些吃的内容，那是对声音色彩十分敏感的诗人在他的颂歌中早已讴歌过的食品：洋葱（水中的圆玫瑰）、洋蓟（穿着武士衣服的洋蓟、像手雷一样带刺的洋蓟）、海鳗（长着白雪般肉的巨型小鳗鱼）、大蒜（精美的象牙制品）、西红柿（红色的内脏、初升的太阳）、食用油（炖石鸡的“基础”、做蛋黄酱的“关键”）、土豆（夜色下的面粉）、金枪鱼（大洋深处的子弹、穿着孝服的箭头）、樱桃（金色琥珀小酒杯）、苹果（袒露的、纯洁的、红色晨曦的面颊）、盐（大海的水晶、大浪的遗物）……除此之外，用甜橙制作的饭后甜点“快乐的番荔枝”和迷你玛斯乐队演奏的《岸上的洛丽塔》在夏日的季节里同样风靡

1　马里奥的爱称。

一时。

不久以后，很多年轻人来到小海湾，在从农舍到公路的地段埋下了电线杆。据罗德里格斯同志讲，不到三个星期，渔民的家里就可以用上电了。“阿连德说话算数。”他边说边捻着胡须尖。可是，伴随着村镇的发展进步，也出现了某些问题。一天，马里奥正在准备一份智利式的凉拌菜，就像聂鲁达诗歌中的芭蕾舞演员一样，挥刀斩向一个西红柿，“不幸的是，我们必须杀了它：刀子深深插进它鲜活的果肉里”[1]。他看到，在比阿特丽斯将酒放到桌子上返回柜台时，罗德里格斯一直盯着她的屁股。一分钟后，当这位客人向她要“智利式凉拌菜”，她张开嘴冲客人微笑时，马里奥手持利刃从柜台边跳了起来，就像他在日式西部电影中所看到的那样，把刀高举在双手之上，走到罗德里格斯的餐桌旁，恶狠狠地按垂直方向把刀砍下去，刀子颤动着落到桌面上，刀痕足有四厘米长。习惯于几何学的精确度和地质测量学的准确度的罗德里格斯同志，毫不怀疑这位诗人小店主在采用“影射”的方式教训他。如果这把刀插进他的肉体中，他难过地思忖着，则可以用他的肝做一道匈牙利红烧辣肉汤了。他面部表情非常严肃地结

1 引自《番茄颂》(*Oda al Tomate*)，刘博宁译。——编者注

了账，永不再登这家店的门。

在平素对谚语信手拈来（从来是达到一箭双雕的效果）的堂娜罗莎的熏染下，马里奥用手势告诉比阿特丽斯，他是怎样把那把利器砍进那尊贵的毛榉木中的，虽然事情已过去了一分钟。

“我早就明白了。”她说道。

新生意的盈利使得堂娜罗莎可以有充足的资金对服务设施进行新的投资，以便吸引新的顾客。第一笔投资是以每月分期付款的讨厌方式购买的一台电视机，以把那批宿营在这里的工人的妻子——尚未被剥削的女人们——招揽到酒吧来。她们可以在男人们离开帐篷之后，酒足饭饱之余睡上一觉，午餐是丰盛的，红葡萄酒恰到好处。她们不停地喝着薄荷饮料、波尔多茶和清凉矿泉水，如痴如狂地看着墨西哥电视连续剧《纯真玛丽亚》。每一集播完后就放广告，荧屏上会出现一位坚定的马克思主义信徒，谴责帝国主义文化侵略及其借助歌剧对“我国人民”传播反动思想。这时，妇女们总是把电视机关掉，开始织毛衣，或者玩起多米诺骨牌。

虽然马里奥总是认为他的岳母很小气，“好像您的钱包里有扎手的锯鱼，夫人”，事实上，一年以来，他通过给胡萝卜挠痒痒、对着洋葱头哭泣、给竹筴鱼剥皮，还是积攒了一笔钱，足以使他把他的梦想变成现实：买一张机票，到巴黎去探望聂鲁达。

一天，电报员去教堂，把自己的一些想法告诉了曾主持新人婚礼的神父。仓库里堆积着上一次“苦路”演出的道具，那次演出在圣安东尼奥举行，由阿尼瓦尔·雷那操办。这位神父以“吝啬鬼”的绰号而为人熟知，这个外号还被他那多才多艺、信奉社会主义的儿子所继承。电报员和神父找到一对用鹅毛、鸭毛、鸡毛及其他飞禽羽毛编成的翅膀，用一根绳子控制，让它能像天使翅膀一样活动。神父拿出金银匠所特有的耐心，在电报员的后背上安放了一个小的机关，给他戴上与地下赌场的赌徒们一样的绿色塑料帽子，用布拉索牌清洗剂把系在身上的金怀表擦得锃亮。

中午时分，电报员从海边朝酒馆走来，让那些正在洗海水浴的人们大吃一惊，他们看到了圣徒传记历史上最胖、最老的天使正在穿过炎热的沙滩。马里奥、比阿特丽斯以及罗莎正忙着根据可能出现的供应短缺制定一份新的菜谱。这时他们以为自己看花了眼，只见电报员从很远处喊道：“巴勃罗·聂鲁达给马里奥·希门尼斯的邮件！”他一只手举着一个包裹，包裹上虽不像智利护照那样贴满了印花税票，可系包裹的布条却比圣诞节的彩带还要多，另外一只手上举着一封华美的信，见此情景邮递员立即从沙滩上跳起，从电报员手中把两样东西抢了过来。他目瞪口呆，把东西放在桌子上，仔细地看着它们，似乎在琢磨两个精美的象形文字。寡妇罗莎像从梦呓般的迷幻中醒过劲来，用英国人的腔调责骂电报员：

“哪阵风把你吹来了？”

“顺风，可是有不少鸟儿逆飞。”

马里奥双手按着两边的太阳穴，眼睛一眨不眨地看着两份邮件。“我先打开哪件呢？信还是包裹？”

“包裹！我的孩子。”堂娜罗莎做出裁决，“信里只有单词。”

“不！夫人，先打开信件！”

“包裹！”寡妇边说边作势要去打开包裹。

电报员用一只“翅膀”呼扇着风，把一个手指头举到寡妇的鼻子前，用告诫的语气说道：

“您可别是唯物质主义者，丈母娘。”

女人一屁股坐在了靠背椅子上，“看您这假斯文，什么叫唯物质主义者？”

“当某人必须在一朵玫瑰花和一只鸡之间做出选择时，那总是选择鸡的人。”电报员急促而又含混不清地说道。

马里奥干咳了几声，站起来说道：

“女士们，先生们，我来把信打开。”

由于已经有人建议，应把诗人用绿色墨水、强有力的笔触书写了他名字的信封作为收藏品贴在他的寝室的墙壁上，他极有耐心、用蚂蚁一样轻巧的动作撕开了信封。他用颤抖的双手把信放到眼前，开始认真地拼读起来。哪怕是毫无意义的符号也不放过：

“亲、爱、的、飞、毛、腿、马、里、奥、希、门、尼、斯。”

寡妇一把抢过信来，词句从她的嘴中一滑而过，既不停顿，也没有抑扬顿挫：

“亲爱的飞毛腿，马里奥·希门尼斯；让人想念的比阿特丽斯·冈萨雷斯·德·希门尼斯，黑岛之星、黑岛之火；极其尊敬的冈萨雷斯遗孀，罗莎夫人阁下；亲爱的未来的继承者巴勃罗·内弗塔利·希门尼斯·冈萨雷斯，黑岛接班人，在妈妈温暖的胎盘中出色的游泳手，当你见到天日之时，你是石头块、风筝的皇帝，驱赶海鸥的小能手——亲爱的，至亲至爱的四位：

“在此之前，我没有按所答应你们那样及时写信，因为我不愿意仅仅寄给你们一张印有德加画的跳舞女人的明信片，我知道这是你一生中收到的第一封信，马里奥，至少它应当有个信封，否则的话，毫无意义。想到这封信必须由你自己分发，就感到很好笑。你把岛上发生的一切事告诉我，再有，我的信都送到巴黎。你在干什么？但愿不会因为诗人不在而把你撵出了邮局，会不会阿连德总统任命你当了某个部长？

“在法国当大使，对我来说是件新鲜事，也有些不舒服，可它却意味着一种挑战。在智利我们发动了一场智利式的、既受到敬佩又充满争议的革命。‘智利’这个国名以非凡的方式变得为人所知。嗯。”

“这个‘嗯’是我说的。”寡妇插话后，又专心致志地读起信来。

“我和玛蒂尔德住在这样大的一间寝室内：它可以安置一名武士和他的战马，而我却觉得它距离我在黑岛家中那些‘蓝色翅膀’的日子非常遥远。

“想念你们，并热烈地拥抱你们。你们的邻居和媒人，巴勃罗·聂鲁达。”

“我们来打开包裹。”堂娜罗莎说着，用一把倒霉的菜刀砍断了系着包裹的绳子。马里奥拿起信来，认真地端详着结尾处，又把信翻了过来。

“就这些内容？”

“你还想要什么，我的女婿？”

“那个叫‘P. D.’，一般放在信末尾的东西？”

“没有，哪儿有什么叫 P. D. 的傻玩意儿？”

“我觉得奇怪，信怎么这么短，从远处看，显得很长呀。”

“问题在于妈妈读得太快了。”比阿特丽斯说道。

“不管是快还是慢，”罗莎边说着，边剪断了绳子，打开了包裹，“那些词儿说的是同一回事儿，说话速度跟事情本身毫无关系。”

而比阿特丽斯没有去听她的这一套理论，她早就注意到了马里奥心不在焉的神情，他似乎处于极大的疑惑和茫然之中。

“你在想什么？”

“在想信中少了点儿什么，我在学校学习写信时，人家告诉我信的末尾处总要写上 P. D.，然后补充一些信中没提到的事情，我敢说，堂巴勃罗忘了点儿什么。”

罗莎把塞满盒内的稻草扒开，用助产士一般轻盈温柔的动作举起一台日本索尼牌内置话筒的小录音机。

“让诗人破费了。”她非常严肃地说道。

她刚刚要去读系在录音机皮筋上的一张用绿色墨水写成的卡片，就被马里奥一把夺了过去。

“啊，不行，夫人！您读得太快了。”

他把卡片放在距自己几厘米的地方，就像把它插到一个乐谱架上，用他惯有的一字一句的方式读出声来："亲、爱、的、马、里、奥、冒号、你、打、开、中、间、的、按、键。"

"您读这张卡片比我念信的时间还要长。"寡妇故意打个哈欠。

"问题是您不是在读那些词汇，而是把它们全吞下去了，夫人，要去咂摸这些词汇的滋味，要让它们在嘴里融化。"

他用手指头做了一个螺旋上升的动作，立即把手指对准了中间的按键。尽管聂鲁达的声音通过日本的技术被忠实地传播过来，日本电器的先进性也只是在后来的日子里才引起邮递员的注意，因为录音机中传出的第一个声音犹如灵丹妙药，令他慌乱："附言。"

"怎样让它停住？"马里奥叫了起来。

比阿特丽斯用一根手指按了一下红键。

"附言，"年轻人跳起舞来，并在他岳母的面颊上吻了一下，"我说对了，夫人，P. D.，附言！我对您说了，没有不带附言的信。诗人没有忘记我。我早就知道，我平生收到的第一封信是有附言的。现在，一切都清楚了，亲爱的岳母，既有信又有附言。"

"那好，"寡妇反驳道，"既有信又有附言，就为这而流泪？”

“是我吗？”

“是你。”

“比阿特丽斯呢？”

“你们都在流泪。”

“我怎么能哭呢？我既不伤心，也不觉得哪儿疼。”

“像个虔诚的守灵人。”罗莎嘟囔道，“把脸擦干，快点把中间的按键再按下！”

“好吧，可是要从头开始。”

他把录音带往回倒到头，又按那个键，“装”有诗人的小盒子，又开始发出声音。这就是一个发出声响的、便携式的聂鲁达。年轻人的目光转向大海，他感到此刻的风景才完整了，而几个月以来，这美丽的风景一直承受着某种缺憾，此时马里奥可以深深地呼吸了，因为那“给我最亲密的朋友和同志马里奥·希门尼斯”的题词是极为真诚的。

“附言。”他再次听到了这令人着迷的声音。

“别出声！”寡妇说道。

“我什么也没说。”

“除了信中写的话，我还想再寄给你一点东西，于是我就把声音装入了这个会唱歌的‘笼子’之中，这只‘笼子’就是一只小鸟儿，我把它送给你。可是，我也要求你办点事，马里奥，只有你能办到。我其他所有的朋友，他们都不知道该如何做，或者会认为我是一个老糊涂，而且极为可笑。我想让你带着这个录音机到黑岛去转转，把你沿路听到的所有声音录下来，我急切地需要它们，哪怕是我房子中的幽灵。我的身体不好，我想念大海，我需要鸟儿。请把我家中的声音寄给我。你到花园中去，让风铃作响，首先录下风儿拨动风铃时发出的轻微撞击声，然后再拉拉那只最大的钟的绳子，五次、六次。钟，我的钟！没有任何话语能像‘钟’一样悦耳动听，假若我们把它挂在靠近大海的一座钟楼上。你到岩石那里去，给我录下浪涛的撞击声。如果你听到了海鸥的叫声，把它们录下来，如果你听到了恒星的静默，也把它录下来。巴黎是美丽的，而对我来说，她是一件过分肥硕的衣服。此外，这里是冬天，风卷着雪，就像磨碾着面粉，白雪飞扬，飞扬，白雪顺着皮肤布满我的全身，我变成了一个穿着白色长袍的悲伤的皇帝，白雪飞到我的嘴里，填满了我的双唇，我说不出话。

“为了让你知道一点儿法国的音乐，我给你寄上一段早已被遗忘的一九三八年的音乐录音。这是我在拉丁区一家旧唱片商店碰到的。是我年轻时反复吟唱、朝思暮想却没能得到的歌。这支歌叫《我会等你》，是由里娜·凯蒂[1]唱的，歌中唱道：‘我会等你，白天和夜晚，我将永远等待，只要你归返。’”

单簧管引出第一小节，音调低沉，如痴如梦，木琴轻轻地重复着同样的节拍，有些怀旧的韵味。当里娜·凯蒂唱完第一段后，低音乐器和打击乐器伴奏，一个低沉、平缓，一个飒飒细响、娓娓绵长。这时马里奥知道，他的面颊再次变得潮湿了，虽然他是第一次听，却马上就爱上了这首歌曲。他默默地朝着海岸走去，直至滔滔大浪声把那优美的旋律淹没。

1 意大利歌唱家。

十二

他像一位执着的集邮者一样，录下了大海的声音。他全然不顾生活和工作，面对罗莎的恼怒，他依然追随着潮起、潮落、涨潮、退潮，海水随着风儿吹动而翻滚不停。

他把索尼录音机系在一根绳子上，挂在岩石的裂缝中间，螃蟹在夹缝中摩擦它们的像夹子一样的螯足，海藻和石头相拥。

乘着堂何塞的小船，他深入掀起第一层浪的海面上，用一小块尼龙布把录音机保护起来，他几乎能捕捉到三米之内海浪的立体声效果，这声音似木棍撞击，越来越微弱，直至在岸上消失。

在风平浪静的日子里，他幸运地录到了海鸥直扑沙丁鱼发出的啄击的声音，也录下了海鸥沿着水面飞行，用喙平稳地控制着沙丁鱼最后的抖动时发出的声响。

还有一次，有几只鹈鹕，那是一群多事的、乱哄哄的鸟，它们沿着海岸线，扑打着翅膀，仿佛预感到次日海滩上将有一群沙丁鱼搁浅。渔民的孩子们，只需把那些用来在沙滩上建筑城堡的小桶放进海水中，就可以捡拾到很多小鱼。粗制的炉箅子的火苗煎烤着大量沙丁鱼，夜晚，捡着便宜的猫儿们肚子撑得滚圆，在月下调情。晚上十点钟左右，堂娜罗莎看到来了一群渔民，个个比撒哈拉沙漠中的古罗马军团的士兵还要口干舌燥。

经过整整三个小时的忙碌，大肚坛子全部倒空。失去了马里奥这位帮手的寡妇冈萨雷斯（马里奥确实试图在为聂鲁达录下恒星移动的声音）刚刚冲着堂何塞·希门尼斯说出的一句话，使这群渔民的形象变得更加“完美”：“你们今天个个比骆驼粪还要干。”

在那神奇的日本小机器内，录下了丽日阳光下，淫荡的蜜蜂噘起嘴巴，极度兴奋地落在雏菊的花萼上；流浪狗冲着繁密的流星狂叫，它们就像太平洋上庆祝新年的万家灯火；录下了聂鲁达家露台上的钟声，被手拉响的，也或许是被风儿随心所欲地奏响的声音；当海面信号灯发出的哀鸣般的警笛声传向远方时，人们便会想到深海处浓雾中一只幽灵似的船儿的悲伤；当一颗幼小的心脏跳动，先是被马里奥的耳膜测出，后又被放在比阿特丽斯·冈萨雷斯腹部上的录音机录下声音之时，被罗德里格斯同志称为“社会政治进程中的矛盾”开始使这个简陋的村镇蒙上艰难的色彩，罗德里格斯讲这句话时，手捻着胸前的汗毛，语气沉重。

起初，给炖菜以营养成分的牛肉没有了，冈萨雷斯寡妇不得不从邻近的田地里搞到些菜，好歹“拼凑”了一个汤，以骨头为“核心”内容的汤令人怀念肉的滋味。这种“战略性”的调剂实施一周之后，在饭店用餐的人们随即组成了委员会。在乱哄哄的会议上，他们向冈萨雷斯遗孀提出，尽管他们完全相信，供应不足和黑市的出现，是由企图推翻阿连德政权的人们制造的反动阴谋，但他们还是请求她别再用那些清汤寡水来代替克里奥尔炖菜了。发言人明确提出，他们最多能接受意大利式菜汤。倘若如此，冈萨雷斯遗孀就必须把每日食谱的费用减少一个智利盾，不能比这再少了！这些受到众人拥护的言辞，在寡妇这里可讨不到公道。因为是无产阶级以极大的热情选举的阿连德当选国家总统，所以，对于眼下产生的供应不足问题，寡妇罗莎用她那惯有的狡黠想出的谚语把自己的责任推得一干二净：“种瓜得瓜，种豆得豆！”

在没有做出调整之前，寡妇似乎对某些左派组织的激进口号产生了兴趣，她轻轻松松、毫不负责任地宣布：“绝不妥协，向前走！”她继续以寡水替代茶水，以清汤替代浓汤，以意大利蔬菜汤替代炖肉菜汤。短缺物品单上还有以下物品：油、糖、大米、洗衣粉以及颇有名气的埃尔基地区的皮斯科酒，那些囊中羞涩的旅客们，原本可以用皮斯科酒在帐篷中消磨晚间时光。

议员拉韦乘着他那辆嘎吱作响的小型卡车，又出现在这块他可信赖的土地上，并且召集小海湾的居民听他讲话。打了发蜡的加德尔式[1]的头发，和庇隆将军[2]一样的微笑，让他在渔民和旅客的妻子之间得到部分回应。在她们面前，他指控政府无能、生产停顿、发生了世界历史上最严重的供应不足现象："可怜的苏联人在第二次世界大战期间，没有遭受英勇的智利人民所经历的严重饥饿，与我们营养不良的孩子们相比，那些瘦骨嶙峋的埃塞俄比亚儿童，也算是生气勃勃的小伙儿了。只有一种把智利最终从血淋淋的魔爪中拯救出来的可能：用力敲打饭锅抗议，让这震耳欲聋的声音把'暴君'（他就是这样称呼阿连德总统！）震聋，也许有点自相矛盾，还要让他听到人民的怨声载道，让他提交辞呈。那样的话，弗雷[3]，或者是亚历山德里[4]，或者是你们企盼的那位天主教民主党人就会

1 卡洛斯·加德尔，阿根廷探戈歌手。

2 阿根廷著名政治家。

3 指爱德华多·弗雷·蒙塔尔瓦，一九六四年曾当选为智利总统。

4 指豪尔赫·亚历山德里·罗德里格斯，一九五八年曾当选为智利总统。

回来了，我们的国家就会有自由、民主、肉、鸡和彩色电视了。”

这个得到女人们寥寥掌声的演讲，最终因罗德里格斯同志说出的一句话而“大功告成”。听到议员在大放厥词，他匆匆填饱肚子，离开那锅菜汤，说道：

“操你妈！”

罗德里格斯同志对自己的无产阶级双肺有足够的信任，因而没有使用麦克风，除了刚才这句“恭维”，他还讲了诸如“亲爱的女友们”如果不想被这些衣冠楚楚、扎着领带的男人们所欺骗，必须把握好自己。他们破坏生产，在仓库内囤积食品，人为地制造供应不足；他们任帝国主义收买，共谋推翻人民政府。当女人们也用掌声给他的讲演画上句号之时，他用力地提了提裤子，用挑衅的目光看着拉韦，而这位向来善于分析客观形势的议员，只是老练地笑了笑，并且称赞道，在智利尚余有一些民主，因此才有如此高水平的争论。

在后来的日子里，如社会学家在电视上所言，在社会发展进程中出现了矛盾，在这个小小的海湾，也以严谨而非修辞的形式让人们有所感受。受益于社会主义政府提供的贷款，又或许受到基拉帕云乐队一首朗朗上口的流行歌曲的鼓舞（“不要对我说不吃鳕鱼，玛丽布萨，是的，我偏爱吃鳕鱼。”），渔民们装备精良：于是，政府的经济学家和广告人以此鼓动人们多多消费智利产鱼，以此来缓解购买肉食外汇的短缺，渔民们增加了生产，收购水产的冷冻车每天都向首都驶去。

十月的一个星期四，午间时分，这辆生命攸关的冷冻车没有出现。在春天强烈阳光的照射下，渔民们开始无精打采，他们明白了，这个可怜但又像田园诗般的小海湾，也没能幸免于这个国家其他地区所经受的巨大痛苦。而在此之前，他们只是通过电台，或者堂娜罗莎的电视才有所闻。就是那个星期四的晚上，拉韦作为运输协会的成员，出现在电视屏幕上。他宣布开始不定期罢工，以期达到两个目的：总统给予特殊的运输价格，以购置零配件；再有，既然有“我们”在，请总统辞职。

两天以后，昔日空气清新的码头充斥着臭味，大量的苍蝇和水老鼠已经堆积成山，渔民们把打捞上来的鱼又扔回大海。两周以后，罢工结束了，智利处于供应不足和极度愤慨的情绪之中。与其说是用效益，不如说是以巨大的爱国热情，人们以义务工作的方式挽救罢工带来的损失，货车又开来了，然而，那些脸上挂满怒色的劳动者并不为之欣喜若狂。

十三

丹东、罗伯斯庇尔、戴高乐、让·保罗·贝尔蒙多[1]、夏尔·阿兹纳武尔[2]、碧姬·芭铎、西尔维·瓦尔坦[3]、阿达莫被马里奥·希门尼斯无情地从法国历史教科书，或者是画报上剪下来，它们是和巴黎的一张大幅海报贴在一块儿，那是圣安东尼奥唯一一家经营旅游业务的办公室赠送的。在那张海报上，法国航空公司的一架飞机和埃菲尔铁塔的塔尖“相吻”。房间内贴满剪报的墙壁平添了少许世界主义色彩。然而，摆放在一起的几件当地的物品，使得他那迅速膨胀起来的亲法热情被冲淡了几分：兰基尔地区工农联盟会会旗、圣女卡门的肖像（他曾“威胁”要把肖像“流放”到仓库，比阿特丽斯经过奋力争取才得以保留）、智利大学俱乐部球队球员“坦克”坎波斯（在该球队被称为“蓝色芭蕾”的时代）的一个辉煌的头球攻门、斜佩三色总统绶带的“红色”医生萨尔瓦多·阿连德，以及从智利科克伦勋爵出版社的日历本上撕下的一页日历，那上面记录着他与比阿特丽斯一起度过的第一个且直到那一刻依旧在延续的爱情之夜。

就是在这个充满情趣的小天地里，经过数月的辛勤劳作，邮递员关注着索尼录音机起起伏伏的音调，录下了这些声音。两个星期以后，巴勃罗·聂鲁达在他巴黎的小会客室里，听到了以下的这一切：

一,二,三，箭头移动了吗？好，移动了。（干咳声）亲爱的堂巴勃罗，非常感谢您的礼物和您的来信，即使仅有来信，已使我们感到很幸福了。索尼录音机非常好，而且令人感兴趣。我力图对着录音机直接讲出我创作的诗歌，而不去写下它们，可是直到此时，仍然徒劳无功。我延误了您托办的事情，因为在这个季节，黑岛没什么值得录下来给您听的声音。这儿住了一批来度假的工人，我在酒馆的厨房工作。我每周骑车去圣安东尼奥一次，给这里避暑的人们带来几封信。我们大家都很好，也很高兴，有一件特大新闻，您一会儿就知道了，我敢打

1 法国电影动作片演员。

2 法国歌手、演员、活动家、外交家。

3 法国歌手、演员。

赌，您已经充满好奇心了，您接着听下去，不要把录音带往后倒。由于我还没腾出时间把好消息告诉您，我也不会占用您更多的宝贵时间。我唯一想对您讲的事情是，生命无所不在。您抱怨大雪盖住了您的耳朵，而您看看，我从来没有见到过哪怕一片雪，除非在电影上，当然了，我多么愿意陪您待在巴黎，沉浸在大雪中。身上铺满雪片，犹如磨坊中的一只老鼠。多么奇怪！这里连圣诞节时都不下雪，大概要怪美国佬！无论如何，为了对您那美好的来信和礼物表示感谢，我把在您的诗歌的启发下自己写的这首诗献给您，名叫《献给落在聂鲁达身上的巴黎的雪》（我没能想出一个更短的名字）。（**停顿和干咳声**）

步履轻盈的温柔的伙伴，
苍天赐予的丰富的牛奶，
校园里洁白无瑕的校服，
默默无声的旅行者的床单，
他们从一个公寓到又一个公寓，
衣兜里带着一张揉皱的照片。
你是轻盈的众多的纯情少女，

千万只白鸽的翅膀，
你是雪白的纱巾，
我不知你在向何物道声再见。
我那白色面容的美女，
请亲切地落在巴黎的聂鲁达的身上，
用你那舰队司令的白衣服把他盛装打扮，
乘着你那轻盈的护卫舰，
请把他带到这个港口，
这里，我们是如此地把他想念。

（停顿）好吧，诗歌就读到这儿，现在是您要求录的声音：

第一，风儿吹动黑岛钟楼。（**风吹动黑岛钟楼的声音，持续一分钟左右**）

第二，我敲动黑岛上钟楼的大钟。（**接着是七声钟鸣**）

第三，黑岛岩石滩上的大浪声。（**可以听到海水拍打礁石的巨大声响，可能是在大风暴的天气录制的**）

第四，海鸥的歌声。（**两分钟令人好奇的、有立体声效果的声音，像是录音的人为了让它们飞起来**

而悄悄靠近扎堆的海鸥群，恫吓它们，因此不但可以听到海鸥的叫声，而且可以听到几次短促有力的拍击翅膀的美妙声音。录到四十五秒钟时，可以听到马里奥·希门尼斯的喊叫声：“智利，他妈的。”）

第五，蜜蜂蜂群。（三分钟蜜蜂嗡嗡叫声，非常危险地录下了近处的声音，背景是狗叫声和难以识别的鸟叫声）

第六，退潮。（录音选录的一刻，话筒似乎非常接近从海滩上咆哮而退的海浪，直至海水融合在新的浪涛中。可能是希门尼斯在海水里奔跑、趟进海水之中录下的声音，以取得最真实的合成效果）

第七，（用明显带有悬念的口气说出之后紧接着停顿）堂巴勃罗·内弗塔利·希门尼斯·冈萨雷斯。（接着是新生儿十分钟左右尖厉的哭叫声）

十四

马里奥·希门尼斯用来“进军”光明之都巴黎的积蓄，都被巴勃罗·内弗塔利的舌头吸吮一空。他不满足于把比阿特丽斯的奶水吸干，还乐于吸吮装有可可和牛奶的大奶瓶，虽然那是在国民医疗服务中心买到的便宜货，但还是超出了预算。出生后一年，巴勃罗·内弗塔利，不仅像他那伟大的诗人教父所预言的那样极善于驱赶海鸥，还表现出奇特的不断制造事故的大本领，他跌跌撞撞，像只小猫一样在礁石处爬行，他只模仿到这种程度，没爬几步就栽倒在海水中，一屁股扎在有很多带刺海胆的浅滩上，手指头被大蟹叼咬，鼻子被海星抓破，喝了许多海水。整整三个月，人们至少有三次认为这孩子不行了。尽管马里奥·希门尼斯对乌托邦式的社会主义十分景仰，但他也讨厌把自己未来要历尽艰辛才可能挣来的几个法郎放进小儿科医生的腰包，他制作了一个大木笼，把他心爱的儿子放进去，并相信只有这样，他才能睡上一个安稳觉，而不至于在葬礼中把一切了结。

当小希门尼斯的牙齿刚刚露出时，他便企图用稚嫩的乳尖齿将笼子的木棍“锯”开，小牙床上布满了碎木头片，于是，面对马里奥日益窘迫的预算，又将有一位人物出现在小酒馆内：牙科医生。

因此，当国家电视台中午宣布，将要播放巴勃罗·聂鲁达在斯德哥尔摩答谢获得诺贝尔文学奖的节目时，他必须设法借到钱，以筹措该地区有史以来最热闹、耗酒最多的庆祝盛典。

电报员从圣安东尼奥带来一只宰好的小山羊，是一位卖肉的社会主义者屠宰的，价钱尚可接受，“灰市价格”，电报员一针见血地评论道。趁工作之便，他还把多明戈·古斯曼带来，这是一位魁梧健壮的码头工人，晚上在轮子乐团敲击雅马哈打击乐器（又是日本的产品），以“缓解腰疼”。在他的伴奏下，通宵达旦扭动屁股的人们兴奋无比，模仿着跳起一系列最好的库姆比亚舞[1]（路易辛·兰达德斯[2]怀着极其尊重的心情把这种舞蹈介绍到智利）时，所有人都变得性感和疯狂起来。

在福特40轿车的前排，坐着电报员和多明戈·古斯曼，

---

1 拉美地区一种民间舞蹈。

2 智利著名音乐人，来自委内瑞拉。

后排座位上则安放着雅马哈乐器和小山羊肉。他们来得很早，佩戴着社会主义者的大绶带，举着用塑料制成的智利小国旗。当着冈萨雷斯遗孀的面，他们把羊肉拿出来，她极其严肃地声明，对诗人聂鲁达她是五体投地钦佩至极，可她还是要像住在圣地亚哥普罗维登西亚街上的上流女士们那样：敲击饭锅，以示抗议，直至共产党人离开政府。“看得出，他们是优秀的诗人而不是好的政府官员。”她断言。

在新近到来避暑的女人们的协助下（她们是没有被争取过去的阿连德主义者，而且有能力击倒那些哪怕是想动人民联盟一根汗毛的人），比阿特丽斯制作了一道沙拉，由于从当地农民那里得到了大量蔬菜，不得不把浴缸搬到厨房里，才能把大堆蓬乱的莴苣、傲然挺立的芹菜、滚来滚去的西红柿、甜菜、胡萝卜、萝卜、可爱的土豆、顽强的香菜和茴芹通通浸泡在其中。还用了十四个鸡蛋制作蛋黄酱，连巴勃罗·内弗塔利也领受了一件颇为麻烦的任务，紧紧盯着老母鸡下蛋，嘴里还嘟囔着：“我们必胜！”等母鸡产下当天的鸡蛋之后，她们把蛋敲碎放进那些黄色的稠稠的美味酱中。幸好，那天下午没有一个妇女处在月经期间[1]。

---

1 拉美迷信：月经期间的妇女做不好蛋黄酱。

为了邀请人们参加庆典，马里奥·希门尼斯走遍了每一间茅屋，他按着自行车铃跑遍了小海湾和人们避暑的驻扎地。他是那样喜不自胜，这是在比阿特丽斯把预想中长有保罗·麦卡特尼一样乱蓬蓬头发的小巴勃罗·内弗塔利从胎盘中“驱逐出境”时才有的欢乐。“智利得到诺贝尔奖，即使是文学奖，”罗德里格斯“同志”在避暑的人们中间发表鼓动性的演说，“也是智利的一大荣耀，是阿连德总统的一大胜利。”他的话还没讲完，希门尼斯这位年轻的父亲，遭遇过让每根神经、每根毛发犹如触电一样令人愤怒的事件的受害者，一把抓住了他的胳膊肘，将他拉到了垂柳树下。在树荫下，通过看乔治·拉夫特[1]的电影学会了自我控制的马里奥，松开了罗德里格斯的胳膊，把由于愤怒而变得干燥的双唇舔湿，平静地说道：

“罗德里格斯同志，您还记得那把菜刀吗？那天，您在用中午饭的时候，它碰巧掉在了我的餐桌上。”

“我没忘记。”积极分子抚摸着自己的“胰脏”答道。

马里奥点点头，用力把嘴唇绷紧，就像他要吹口哨驱赶一只猫一样。而后，他伸出大拇指，指甲从双唇间捋过。

1　美国电影演员和舞者。

“我还留着那把刀呢。”他说道。

和多明戈·古斯曼一起组成乐队的人有：吉他手胡利安·德洛斯雷耶斯；小伙子佩德罗·阿拉尔孔摇动沙球；冈萨雷斯遗孀、寡妇罗莎作为歌手；罗德里格斯同志则是小号手，他把乐器塞在嘴里，活像胸前挂了把锁。排练是在酒馆的地板上进行的，所有人都预先知道晚上要跳《帆船曲》(“当然了。”眼科医生拉多米罗·斯波托尔诺说。他是专门来这里治疗巴勃罗·内弗塔利的眼疾的。小家伙紧盯着母鸡屁股宣布母鸡下蛋时，被狡猾的卡斯特拉纳母鸡啄伤了眼睛。)《小小的信念》，这要归功于寡妇的施压，因为她对煽情的曲风有所偏爱；在欢快的摇摆舞伴奏下，人们还选了那些久唱不衰的曲目：《鲨鱼，鲨鱼》《马孔多的库姆比亚》《乐队醉了》；以及，与其说是由于罗德里格斯同志的恶搞，不如说是由于马里奥·希门尼斯的一时疏忽——人们又跳起了《不要对我说不吃鳕鱼，玛丽布萨》。

在靠近电视的地方，邮递员摆放了一面智利国旗和洛萨达出版社用圣经纸印制的诗歌集，有作者本人签名的那页打开着，还摆放了诗人绿色的圆珠笔，那是希门尼斯采取不光彩的手段获取的，在这里不做细节描述。作为前奏曲，或称“开胃酒”的流行音乐，是用索尼录音机——马里奥·希门尼斯在讲演没结束之前，不许吃哪怕一颗橄榄，不让舔哪怕一口酒——播放的他录制的黑岛的各种声音。

晚间八点，大海将一缕宜人的微风吹到小酒馆内，国家广播电台通过卫星转播巴勃罗·聂鲁达在诺贝尔文学奖颁奖仪式上的答谢演说时，嘈杂、饥饿、喧闹、排练，魔术般地戛然而止。一秒钟，极其短暂的一秒钟内，马里奥感到静默笼罩着人们，犹如用一个亲吻将大家覆盖。当聂鲁达讲话时的形象出现在布满雪花的电视画面上时，他想象，他的话语就像天空中飞翔的蓝色的马，朝着家乡疾驰而来，安卧在诗人家园的牲畜槽内。

观看着不时跳动的电视人物画面的孩子们、聆听演讲的听众们，凭借全神贯注的投入，营造了聂鲁达亲临小酒馆的真实情景。只是此时诗人穿的是燕尾服，而不是他经常溜到酒吧时穿的大斗篷，那件他第一次见到比阿特丽斯·冈萨雷斯，并被她的美丽所折服而显得茫然失措时所穿的大斗篷。如果聂鲁达能够看到他在黑岛的这些乡亲们此时的情景，他一定会发现，他们的双眼像石刻的一样一眨不眨，似乎一个最微小的面部动作，都会导致漏听他的一句话语。要是有一天，日本的先进技术发展到登峰造极的地步，制造出能把电视画面中的人物和真人融为一体的产品，黑岛上这些微不足道的人，就可以自认为是这一进步现象的先驱。这绝不是吹嘘，人们带着久久不变的温柔的表情，倾听着自己诗人的讲演：

“迄今恰好一百年，一位可怜而又卓越的诗人——一个极度绝望的人——写下了这样一句预言：只要我们怀着火热的耐心，到黎明时分我们定能进入那座壮丽的城池。

“我相信兰波这句有远见的预言。我来自一个偏远的省份，一个由于地理原因与一切其他地方隔绝的国家。我是诗人中最不走运的一个，我的诗是地区性的、痛苦的、饱蘸雨水的。然而，我对人类一向充满信心，从未失去希望。也许正是因为这个缘故，我今天才能带着我的诗歌，也带着我的旗帜来到这里。

“最后，我必须对善意的人们、对劳动者们、对诗人们说，兰波说过的那句话表达了整个未来，那就是：只要怀着火热的耐心，我们定能攻克那座将给予所有人以光明、正义和尊严的壮丽城池。

“因此，吟唱诗歌不会劳而无功。”

这些话语激起电视机旁的观众自发的热烈掌声，马里奥·希门尼斯泪如泉涌，站立着热烈鼓掌半分钟后，从酸酸的鼻子中吞咽下点什么，他擦拭着布满泪水的脸颊，从第一排转过身来，把手掌贴在太阳穴上，又像议员候选人一样挥了挥手，微笑着向热烈地为聂鲁达欢呼的人们致谢。诗人的形象从屏幕上消失了，播音员重新出现播报新闻，电报员听到女播音员讲到“重新播报”：“一个法西斯团伙用一枚炸弹炸毁了瓦尔帕莱索省的高压塔，劳工者联合总部号召全国会员保持高度警惕。”而二十秒之后，电报员便被一个年事稍高、人品尚好的女性旅客从柜台旁“偷偷”拽走了，黎明前才从沙滩返回，据他自己说他在那儿陪她看流星（是“流精”，寡妇纠正道）。

因为实际情况就是庆祝盛典一直延续到他尽兴而归。跳第三遍《眼前的鲨鱼》时，所有人齐声高歌“唉！唉！唉！鲨鱼吃掉你！”。只有电报员在那条新闻节目之后表情忧郁，一副神秘莫测的样子，直至那位老成的女性旅客贴着他的左耳朵，用肯定的口气告诉他，跳完库姆比亚舞后，还会跳《帆船曲》。

酒馆里充满欢欣愉快，乐队第九次奏响了《帆船曲》，避暑的人们已经变得非常热乎，尽管这是一首调情的歌，而且需要将面孔贴在一起，但人们在相拥、用舌头相吻的气氛中，又放声高歌起来。

乐队又弹奏起多明戈·古斯曼童年时代那极其熟悉的古老题材的曲子来助兴，其中有《肉桂色的皮肤》《嗳，多好的事呀，妈妈》《阿德拉对我说》《爸爸爱跳曼波舞》《亲爱人们的喳！喳！喳！》《我不相信加加林》《玛尔西亚尼达》。冈萨雷斯遗孀高歌一曲《失望的爱情》，在声音强度上，完全可以和这支歌曲的首唱者亚科·蒙蒂相媲美。

晚会确实很长，可谁也不会说缺少美酒，马里奥只要看到桌子上的酒瓶“下半旗”，就会立即把一个大酒罐抱过去，“省了我一趟趟往酒窖里跑”。有那么一段时间，约有一半左右的人到沙丘中亲热。根据寡妇的统计，他们不是百分之百通过宗教或民政手续的合法夫妻。当马里奥·希门尼斯确信他们邀请的所有宾客都已经想不起自己的姓名、地址、选举权登记号码、配偶刚刚在何处时，他才认为庆祝会取得了很大成功。他相信，不需要他来鼓动，没有他在场的情况下，人们也会继续亲热下去。在厨房里，他用斗牛士所特有的动作解下了比阿特丽斯的围裙，轻柔地将她拦腰拥抱，用他的阴茎摩挲着她的臀部，伴随着令人心醉神迷的润滑精液的流淌，她所发出的流畅的喘息声，证明她是喜欢这样做的。他用舌头舔吻着她的耳朵，双手抬起她的臀部，省下了脱掉她裙子的麻烦，站立着把他的阴茎伸入她的体内。

“别人要看到了，亲爱的。”姑娘喘息着，调整了一下位置，使他的阴茎进入深处。

马里奥开始用力颠动姑娘的臀部，唾液布满了她的胸脯，他用含混不清的话语说道：

“真遗憾，这儿没有索尼录音机，没能把这种庆祝方式录下来给堂巴勃罗。”

接着，性爱高潮到来了，声音如此巨大，似潮水般汹涌澎湃。他忘乎所以，肆无忌惮，看上去英勇无畏，还带有几分粗野，仿佛世界末日已然来临，以至于公鸡以为天亮了，扬起那鲜红的鸡冠喔喔啼叫；狗误认为那声音是南边夜间拉响的警笛，就像有个神秘的约定一样，对着月亮汪汪大叫起来；伴随着加德尔沙哑的探戈歌曲声响起，罗德里格斯同志正在亲吻一个信仰共产主义的女大学生的耳朵，他的感觉是一座坟墓压在了喉咙上，让他透不过气来；而寡妇罗莎·冈萨雷斯则必须用手捂住扩音器，“噢，上帝，不要听到马里奥的声音。”她用节奏感很强的声音大叫道：“再跳一次《帆船曲》！”挥动着像风磨的翼一样的双手，她给多明戈·古斯曼打气，给佩德罗·阿拉尔孔鼓劲，让他们再次敲起跋和小鼓，摇动沙球，吹起小号、号角，哪怕吹不好，只发出嘘嘘声……可是师傅古斯曼却用眼神制止了佩德罗，年轻人说道：

“别出声，师傅，寡妇这么紧张，是因为现在该轮到她的女儿了。”

预言讲出十二秒钟后，所有未醉的人、喝醉的人，抑或丧失了意识的人都把耳朵对准厨房，仿佛被一个巨大的磁电机吸引，在轻缓的、低沉的音乐伴奏下，阿拉尔孔和古斯曼小心翼翼地闯进厨房之前，装出在汗衫上把汗涔涔的手心擦干净的样子。比阿特丽斯遥对布满恒星的天空，迎来了性爱的高潮，她发出了有节奏的低吟声，给了沙丘那边的双双对对以灵感（“像他们一样，宝贝儿。”女旅客要求电报员）。寡妇面色绯红，红中泛光，直至耳根。这一切使得教区神父在不眠之夜说出了这样的话语：“神圣话语、至尊无上、圣上慈悲、赞美上帝、美好祝福、至尊之美。”

最后一支乐曲过后，夜晚变得湿润起来，静寂令人有几分迷醉。寡妇把那已派不上用场的话筒扔到地板上。沙丘和岩石滩上响起寥寥几记掌声。过了一会儿，酒馆内小乐队的热情乐手们、爱凑热闹的旅客们、渔民们，都鼓起掌来，响起了瀑布一样热烈的掌声，令人难以捉摸的罗德里格斯同志以爱国口号“智利万岁！妈的！”凑上助兴。寡妇走进厨房，在黑暗中看到了女儿和女婿深深陶醉的双眼发出灼灼光芒，她把拇指放在肩头上，吐痰似的对小两口说道：

“人们在为这对相爱的小鸽子而欢呼呢！”

比阿特丽斯捂着脸，脸上挂满了幸福的泪珠，她感到泪水在突如其来的红晕中沸腾。

“我在跟你说，呃！”

马里奥穿上裤子，用绳子牢牢系好。

“好了，岳母，把难为情忘掉吧，今天晚上我们在狂欢。”

“为什么狂欢？”寡妇大声吼道。

“堂巴勃罗的诺贝尔奖，您没看见我们赢了，夫人？”

“我们赢了？”

堂娜罗莎差一点就要攥紧拳头朝着他那张讨厌的嘴打过去，或是对着他那营养丰富、不负责任的阴囊踹上一脚，她突然灵机一动，觉得用谚语回击他更合适：

“娶媳妇打幡儿——瞎起哄！”摔门而去之前她扔出了这句话。

十五

根据医生乔治·索利马诺的病历卡统计，到一九七三年八月，小巴勃罗·内弗塔利共生了以下几场病：风疹、麻疹、时疫、气管炎、肠胃炎、扁桃体炎、结肠炎、踝关节扭伤、鼻中隔脱位、胫骨挫伤、脑外伤，以及为了从炖锅中救出一只卡斯特拉纳母鸡导致的右臂二度烫伤，还有，踩到一只大刺海胆后，左脚小脚趾感染。马里奥满怀复仇的愤怒，把它从小巴勃罗脚上拔下来，剁开，稍放一些调味酱、柠檬和辣椒后，供全家人吃了一顿晚餐。

去圣安东尼奥医院的次数是如此频繁，马里奥·希门尼斯只好将他去巴黎（已经变成了乌托邦式的步行之旅）的旅费中仅剩的零头用来购买了一辆摩托车。这样，每当巴勃罗·内弗塔利身体的某个部位受伤，就可以快速稳妥地赶到港口城市。这辆车还用来解决家里的另外一些问题，因为卡车司机、出租车司机和商店店主的停业，罢工已屡见不鲜，有时小酒馆因为搞不到面粉，连面包都断档。这辆摩托车便成了他到处勘探的好帮手，借助它，马里奥可以从从容容地溜出厨房，到各个地方去“搜寻”食品，聊以慰藉寡妇那可怜的菜锅。

“有钱，有自由，没有东西可采购。”寡妇在旅客们的茶话会上冲着电视大发感慨。

一天晚上，在里娜·凯蒂的歌声和比阿特丽斯的陪伴下，马里奥·希门尼斯正在复习《早安，巴黎》中的第二篇课文。比阿特丽斯对他说，读“r”时，他发出的那些颤音，会让一个香榭丽舍大街上的法国人一眼将他看透。此时，极其熟悉的深沉钟声吸引了他，他再也无法把心思集中到动词 être 不规则的变位中来。比阿特丽斯看到他若有所思地站了起来，向窗口走去，打开窗子，全神贯注地倾听着第二次钟声，那声音把人们从家中唤了出来。

像是在梦游之中，他把皮邮包挂在肩上，正要迈步上街，比阿特丽斯却搂着他的脖子阻止了他，她用冈萨雷斯家族说话的方式说道：

“这个镇子可经受不住在不到一年的时间内有两次丢人现眼。”

邮递员被拉到镜子前，当看到自己身上只有一个邮包挂在那儿，并且几乎没能遮盖住半边屁股，他对自己说道：“你疯了，孩子。”

整整一夜，他观望着月亮的移动，直至黎明时分月亮悄然退去。他有很多的话要和诗人倾诉，但诗人此次神秘归来又使他疑惑不解。

当然，首先要问他——绅士风度——巴黎使馆的情况、返回的原因、当红的女演员及时装（也许他会带回一件作为给比阿特丽斯的礼物）。然后将进入中心议题：他的诗作的选编。他将特别强调选编，因为那是他工工整整地抄在议员拉韦送给他的纪念册上的诗歌。纪念册中还有一张剪报，是著名的圣安东尼奥市政府的照片和举办诗歌竞赛大会的通知。一等奖获得者将得到鲜花，获奖者的诗歌将在文化杂志《第五只轮》上发表，并有五万智利盾的现金作为奖金。诗人的任务是在这些作品中挑选出一首用来参赛，如果不算过分添麻烦，他还想请诗人给诗歌稍加润色，提高一下档次。

面包店没开门之前，他就在大门对面站好了“岗”。远处传来送牛奶的驴子的颈铃声、公鸡高昂的啼鸣声，之后最后一盏街灯熄灭了。他缩在粗绒线的海员服中，双眼盯着窗子，渴望看到房子内的某些生活气息。每过半个小时左右，他都会对自己说，也许诗人的旅行太累了，也许诗人在他的奇洛埃被子里“调情”呢，堂娜玛蒂尔德可能会把他的早点端到床头。尽管脚趾已冻得发疼，他还是指望着诗人那颓然的双眼出现在他的视线内，并把他梦想了好几个月的微笑给予他。

上午十点钟，在快快不悦的日光的照射下，堂娜玛蒂尔德手中拿着一个网兜打开了大门。小伙子跑上去，高兴地敲打着邮包向她问候，然后用夸张的动作比画着袋中装有大批被延误的信件。女人用温暖的手握了握他的手，但是她那双极富表现力的眼睛的一个眨眼，就可以让马里奥感到热情背后隐藏着巨大的悲伤。

“巴勃罗生病了。”她说道。

她打开网兜，用手势示意他把信件倒进去。他想问她“让我把信送到房间里好吗?”，但是玛蒂尔德流露的略显沉重的表情阻止了他，他服从了。双眼看着空空如也的大口袋，他几乎可以猜到她的回答，但还是问道：

“病得重吗?”

玛蒂尔德点点头，邮递员尾随其后走了几步，来到面包店前，他买了一斤麸皮面包。半个小时以后，香酥的面包渣落满纪念册，他终于破釜沉舟般拿定了主意，用《巴勃罗·内弗塔利·希门尼斯·冈萨雷斯的铅笔画像》这首诗参加竞争一等奖的诗歌比赛。

十六

马里奥·希门尼斯严格地遵守各项比赛规则，在信封里，除了作品以外，他还颇有些难为情地把自己的经历做了简要说明，纯粹是为了达到装饰门面的作用，他最后写道："参加过几次诗歌朗诵会。"他请电报员用打字机打好信封，用火漆封好，蘸蘸红印油，把"智利邮政局"的官方印戳打在上面。

"从信封外表来看，谁也赢不了你。"堂科斯梅边说边称着信的重量，并以文学艺术保护者的身份，从自己手里"偷"了两张邮票。

焦虑的心情使他变得神经紧张，但这至少可以分散送信时见不到诗人所带来的巨大痛苦。有两次，非常早，他可以听到玛蒂尔德和大夫对话的只言片语，但始终不清楚诗人的身体状况。那是第三次，他把邮件放下后，在大门口转悠，当大夫朝着他的车子走去时，他汗涔涔地非常冲动地迎了上去，询问诗人的情况，大夫的回答先是让他感到困惑，思索了半个小时，他又埋头到词典中去寻求答案：

“静态。”

一九七三年九月十八日，为庆祝智利独立日，《第五只轮》将出版特刊，在重要位置上，用大字标题公布获奖诗歌。在这令人十分紧张的日子来临前一周，马里奥·希门尼斯梦想着《巴勃罗·内弗塔利·希门尼斯·冈萨雷斯的铅笔画像》一诗能够一举夺魁，巴勃罗·聂鲁达会亲自把鲜花和支票交给他。这时一阵令人恼火的敲窗声把他从这美好的天堂中拉回，他咒骂着朝窗户摸索而来。打开窗子时，他认出是藏身在一件大斗篷中的电报员。电报员把正在播放一首德国进行曲《老战友们》的小收音机推到他的眼前。他的双眼看上去像晨雾中悲伤的葡萄珠儿，一言不发，连表情也没改变，拧着收音机的选台盘，每个台都播放着相同的军乐，定音鼓、军号、大号、圆号的声音通过小喇叭“融合”之后流出。然后，他耸耸肩，久久地、缓缓地、颇费力气地把小收音机放回斗篷中，语气沉重地说道：

“我走了。”

马里奥用手指头捋了一下额前的头发，抄起海员衫，从窗口跳到了摩托车旁。

“我去取诗人的邮件。”他说道。

电报员异常坚定地挡住他，握紧马里奥那已放在车把上的双手。

“你找死呀？”

两人抬起头来望望阴沉沉的天空，他们看到了三架直升飞机朝港口的方向飞去。

“头儿，把钥匙给我。”马里奥叫嚷着，韦士柏摩托车的马达发动声压过了直升飞机的轰鸣声。

堂科斯梅把钥匙给了他，又用身子挡住小伙子握紧的拳头说道：“然后，把信件扔到大海去，这样做，至少给这帮混蛋找点麻烦。”

军队占领了圣安东尼奥市的公共大楼，每个阳台上都有不停移动着的冲锋枪，大街上几乎空无一人。去邮局的路上，他能够听到北边有枪声。一开始稀稀落落，后来便愈发密集。门口有一名新兵，由于天冷，缩着身子在抽烟。当马里奥走到他身边，把钥匙掏得叮当响时，引起了他的警觉。

“干什么的？”士兵问，又抽了最后一口烟。

“我在这儿工作。”

“干什么工作？”

“邮差呗。”

“你最好回家去！”

“首先我得把信取走。”

“嘘！那帮人都在大街上开枪，你却还待在这儿！”

“这就是我的活儿。”

“你取了信之后快离开这儿，听见没有？”

他来到分信台前，翻出寄给诗人的五封信，将它们放在了一边。他又来到电报机旁，拾起那落在地上像地毯一样的宽纸带，他认出约有二十封是发给诗人的加急电报。他一把扯了下来，在左手臂上卷起来，放进搁信件的口袋中。此时，港口方向的枪声重新变得密集起来，年轻人审视着四面墙上堂科斯梅搞的军事风格的装饰：萨尔瓦多·阿连德的画像还放在那里，因为只要不改变智利的法律，即使他死去，也仍将是智利符合宪法的总统；但是长着杂乱大胡子的马克思和有着一对火焰似的双眼的切·格瓦拉的画像被取了下来，放进口袋之中。离开之前，他做了一件与以往做法迥然不同，但会使他的上司即使心境再不好也会感到十分愉快的事情：他戴上了邮递员的工作帽，把那头蓬乱的黑发盖住了。此时，面对那位留着规规矩矩短发的士兵，他觉得乱发被彻底隐藏起来了。

“都弄完了？”他出去时，士兵问他。

“都弄好了。”

“你还戴上了邮递员的帽子，呃?”

有好几秒钟，马里奥摸着那毛毡帽子结实的帽框，想证实一下它确实遮盖了他的头发，摆出一副睥睨一切的神情，他把帽檐拉到双眼上方。

“从今以后，脑瓜子必须专门用来戴这顶帽子。”

士兵用舌头舔舔嘴唇，正中的两颗牙齿间叼着一支刚点的香烟，又把它从嘴里拿出来，啐出一根金色的烟丝，他盯着自己那双大靴子，看也没看马里奥便说道：

“滚蛋，小子!”

十七

聂鲁达家附近早已被一群士兵围起一道隔离线，后面静静地停放着一辆军用卡车，警灯无声地闪烁着。天下着小雨，海岸所特有的、寒冷的霏霏细雨，与其说湿淋淋，不如说令人心烦意乱。邮递员抄近路，从小山顶上，把脸藏在泥堆后面观察了一下形势：从诗人所在的那条街一直向北全被封锁，面包店附近有三个士兵监守，途经这段路的人们，都被军人仔细搜查。皮夹子内的每个纸头都被翻看过，这种做法与其说是认真投入“反颠覆”斗争，不如说聊以减轻监视这无足轻重的小海湾时军人所产生的烦闷心理。如果行人携带背包，他们便以不动武力的方式令其停下，一样一样地把东西从背包里拿出：肥皂粉、一纸盒面条、茶叶、一些苹果、一公斤土豆，然后便不耐烦地挥手放行。尽管这一切都是新鲜事，马里奥却觉得军人们的做法有一点例行公事的味道。新征入伍的士兵们，只是当一个留着小胡子、大声发出威胁叫嚷声的中尉每过一会儿到来时，才表现出心肠很硬的样子，加快了步伐。

一直到中午，他都在仔细观察这些军事行动。后来他小心地走下山，没有骑摩托车，而是从那些无名小村庄后面兜一大圈，来到距码头很近的海滩，沿着陡峭的海岸沙滩，赤裸着双脚，踩着沙子，来到聂鲁达的家中。

在离沙丘不远的一个岩洞内，他把邮包安全地放在一块棱角非常锋利的岩石后面，直升飞机反复地、几乎擦着海岸进行侦察飞行，他小心翼翼地打开那捆电报，用了一个小时把它们读完。之后，他把它们放在手心中揉碎，压在一块石头下面。从这里到悬挂那口钟的地方，虽然道路陡峭，但路程不远。可是，来往不停的飞机使得海鸥和鹈鹕夺路而逃，也再次阻挡了他。直升飞机的螺旋桨齿轮发出巨大的摩擦声，它们快速移动，在诗人的房顶上盘旋，这使他感到像是野兽在嗅着什么，又像一双可怕的告密者的眼睛在窥视着自己。于是，他控制着自己想爬上山的冲动，不去冒从山上摔下或被路上的士兵发现的危险，而是在有阴影的地方移动着，虽然天没有黑下来，但无论如何，那些倒挂着的尖利岩石下似乎更安全，因为见不到时而划破乌云的太阳，而阳光下那些破瓶子碎片、海滩上发出光泽的鹅卵石都暴露无遗。

到了钟塔，他是多么渴望能有一泓清水，可以清洗一下面颊上的擦痕，特别是双手，夹杂着汗水，血迹清晰可见。

在露台上一探身，他便看到玛蒂尔德两手交叉在胸前，迷茫的双眼望着发出有节奏声响的大海，邮递员朝她做了一个手势，她把头转开了，邮递员又把手指头放到嘴巴中间，请求她别出声。玛蒂尔德注意到，街道上士兵们看不到通往诗人房间的这条道路，她用眼神暗示同意他进入卧室。

一时间，他必须将门半敞，以便在那昏暗的房内认出聂鲁达，房间内弥漫着药剂、膏剂和潮湿木头的味道。他怀着朝拜庙宇一般虔诚的心踩在通往床的地毯上，所见所闻令他感到震颤：诗人呼吸沉重，仿佛屋内空气在流动之前正在刺伤他的喉咙。

“堂巴勃罗。”他悄声说道。这轻声细语和用蓝毛巾围裹着的灯发出的柔和光线协调一致。此时，他觉得是他的影子在说话。聂鲁达的身影艰难地在床上变得越来越大，黯然失神的双眼在黑暗中寻找着什么。

“马里奥？”

“是我，堂巴勃罗。”

诗人伸出无力的胳膊，可是邮递员在那似乎茫茫无边的昏暗中没能看清。

“过来，孩子。”

他走近床边，诗人攥住他的手腕，那股力量让马里奥强烈感受到他的高烧，并让他坐在了床头边。

“今天早上我就想进来，但是不行。房子被士兵们包围了，只让大夫进来。”

诗人的双唇微微张启，露出乏力的微笑。

“我已经不需要大夫了，孩子，最好把我直接送到掘墓人那里去。”

“您别这么说，诗人。”

“掘墓是个很好的职业，马里奥，可以学会哲学。你不记得《哈姆雷特》中掘墓人说过的话吗：‘古时候没有什么绅士，只有一些种地的，开沟的，掘坟的人；他们都继承着亚当的行业。’”

此时，年轻人已能看清床头柜子上的一只杯子，聂鲁达用手势示意他把杯子送到他的嘴边。

“您觉得怎么样，堂巴勃罗？”

“除了要死，别的没什么。”

“您知道正在发生的事情吗？”

“玛蒂尔德想向我隐瞒一切，可是我的枕头下面有一台日本微型收音机，”他吞下一大口气，又颤抖着吐出一口气，“好家伙！烧得这么厉害，我感到就像热锅上的烤鱼。”

“很快就会过去的，诗人。”

“不，孩子，发烧不会过去，只会把我烧过去。”

邮递员用床单的一角给他擦拭着从额头流到眼睑上的汗水。

“您的病严重吗，堂巴勃罗？”

“既然我们已经谈到了莎士比亚，我就用茂丘西奥在提伯尔特用剑刺穿他时说的话来回答你：‘伤口没有一口井那么深，也没有一扇门那么阔，可是这一点伤也就够要命了；要是你明天找我，就到坟墓里来看我吧。’”

“请您躺下吧。”

“你扶我到窗前。”

“我不能这样做，堂娜玛蒂尔德让我进来，因为……”

“我是你的媒人，你的同谋，你儿子的教父，凭我钢笔流出的汗水所赢得的这些称号，我要求你把我扶到窗前。”

马里奥握住诗人的手腕，想控制住诗人的冲动。他脖子上的颈脉像动物一样跳动着。

“有股凉风，堂巴勃罗。”

“凉只是相对而言，你要是知道多么严酷的风在我的骨头里抽打着，你就不会说凉了。孩子，最后的匕首是独特而尖锐的，把我扶到窗前。”

“您就忍耐一下吧，诗人。”

“你想向我隐藏什么？难道打开窗子，大海就不在下面？他们把它也带走了？把它也放进笼子里了？”

马里奥猜测，伴随着他的眼睛变得越发湿润，他的喉咙也快变得嘶哑了，他缓慢地抚摸着自己的面颊，然后像小孩一样把手指头放进自己的嘴中。

“大海就在这儿，堂巴勃罗。”

“既然如此，你是怎么了？”聂鲁达发出呻吟一样的声音，双眼带着哀求的目光，“把我扶到窗前去。”

马里奥把手伸到诗人的胳膊下，往上托举他，直到让他站在自己身边。由于担心他昏倒，马里奥竭尽全力托住他，以至于从他的皮肤上能感觉到病人在发抖的身体。他们摇摇晃晃地向窗前走去。虽然年轻人拉开了蓝色的厚窗帘，但他不想看到此时诗人的双眼已能看到的一切。警车红色的灯光不停地刺射在他的面孔上。

“一辆救护车，”诗人笑了，泪水顺着嘴角流下来，“为什么不是一口棺材？”

“要把您送到圣地亚哥的一家医院，堂娜玛蒂尔德在给您准备东西。”

“圣地亚哥没有大海，只有裁缝和外科大夫。”

诗人低垂的头贴着玻璃窗，上面蒙上一层他呼吸时产生的雾气。

“您在发高烧，堂巴勃罗。”

诗人突然朝着房顶抬起了双眼，邮递员感到了诗人的体温不断升高而十分惊慌。他想大声喊叫玛蒂尔德，想把这一切告诉她。这时一个士兵走过来，把一张纸条交给救护车司机，这才打消了他的念头。聂鲁达坚持要走到另一扇大窗前，就像是气喘病突然发作了一样，马里奥尽力扶住诗人，此刻，他知道这副身躯仅有的力气全在头部。诗人和他说话，并没有看着他，微笑和声音极其微弱。

“孩子，告诉我一个好的比喻，让我安静地死去。”

“我一个比喻也想不出来，诗人。但是您听好，我必须跟您说几句话。”

“我听着呢，孩子。”

“那好，今天给您发来二十几封电报。我本想把它们带来，但是房子被包围了，我只得放弃，您得原谅我所做的事情，因为我没有别的办法。”

“你做了什么事情？”

“我把您所有的电报全读过了，为了能告诉您，我把内容全记在心里了。”

“从哪儿发来的？”

“从很多地方，我先从瑞典发来的说起？”

“说吧。”

马里奥停顿一下，把口水咽了下去，聂鲁达将身体靠在大窗子的扶手上，倚靠在由于海盐和灰尘的沉积而变得模糊的玻璃上时，窗外刮起一阵使他们发抖的凉风。马里奥凝视着一束从漂白土花瓶中掉出的鲜花，开始背第一封电文，他小心翼翼，以防把不同电报使用的词汇搞错。

“对阿连德总统的牺牲表示沉痛悼念和极度愤慨，我国政府和人民向诗人巴勃罗·聂鲁达提供避难，瑞典。”

“另一封呢？”诗人说道，他感到黑色的影子在他的眼前升起，它们像瀑布，又像是一群幽灵在疾驰奔跑，它们极力要把玻璃打碎，与那些在沙滩上隐约露出来的身影聚集在一起。

“墨西哥为诗人及其家人已做妥善安排，飞机即将抵达。”马里奥背诵着电文，他已经可以肯定诗人没有在听了。

聂鲁达的手在窗子的扶手上颤抖着，也许是想打开它，但又像在用抽搐的手指触摸静脉中流动的黏稠液体，那液体让他的口腔充满唾液。他相信自己看到了金属色泽的波浪，弄乱了直升飞机螺旋桨投在水面的倒影，将银白色的鱼儿驱散成闪闪发光的尘埃，而在那波浪之上，正在用水建造一座雨水之家，一根不可触摸的潮湿的木头，那是用皮肤，也是用亲密造就的。此时，一个沙沙作响的秘密展示在他那剧烈喘息着的血液中，那是一泓黑色的水，是萌芽，是关于起源的黑暗技艺，关于丰硕夜晚的神秘手艺，对包罗万物的某种无名之物的终极信念，所有的词汇都在寻求它、探索它、追求它，却无法命名它，或只能无声地命名它（唯一可以确定的是我们呼吸，我们停止呼吸。年轻的南方诗人曾经这样说道，同时挥手告别自己那只曾经指向葬礼蜡烛下的一篮苹果的手。）：他那面朝大海的家园，此时在同样是水做的玻璃后面腾空而起的水造的家园；他的双眼同样是一切事物的家园，他的双唇是一切词语的家园，此刻那双唇已幸福地任由同一种水打湿，而那水曾经穿越温床、栏杆和其他死者，并于某日冲破他父亲的棺木，以便点燃诗人的生命和死亡，就如同此刻展示在他面前的一个秘密，带着美好与虚无所拥有的偶然性，头顶用绷带缠着双眼、手腕流着鲜血的死人聚成的熔岩，将一首诗歌送至他的唇边，而他对自己是否在吟诵已毫无知觉，但是马里奥确实听到了，此时的诗人推开窗户，风儿吹散阴影：

“我回到被天空包裹的海洋，

一波波浪潮静默无声，
确认一种危险的悬念：
生命逝去，血液不再流淌，
直到新运动打破沉寂，
无限的声音发出轰响。”

马里奥将诗人从身后抱住，他举起双手，遮住他那充满幻觉的双眼，对他说道：

“您不能死，诗人。”

十八

救护车把巴勃罗·聂鲁达送往圣地亚哥。路上，必须避开警察的封锁和军事管制。

一九七三年九月二十三日，诗人在圣玛利亚医院死去。

在他弥留之际，他在首都圣克里斯托瓦尔山坡上的住宅遭到洗劫。玻璃全被打碎，水龙头被打开，流出的水泛滥成灾。

人们在瓦砾堆中为他守灵。

春天的夜非常寒冷。守护灵柩的人们不停地喝着咖啡，直至黎明。清晨三点钟左右，一个身着黑色服装的姑娘，冲破宵禁的命令爬过小山，赶来参加守灵。

第二天，惨淡的阳光时隐时现。

从圣克里斯托瓦尔直至墓地，送葬的队伍越来越庞大，行至马波乔河岸对面卖花的摊位时，出现了一条赞扬已故诗人的标语，另一条则是纪念阿连德总统。手握刺刀的士兵们警觉地包围着前进的队伍。

墓地周围，送葬的人们唱起了《国际歌》。

十九

马里奥·希门尼斯从酒馆中的电视里获知了诗人逝世的消息，是一个声音有几分傲慢的广播员播送的：“民族的，也是世界的一大骄傲”与世长辞。接着，是一段简短的生平介绍，包括获得诺贝尔文学奖。最后宣读了一份公告，军政府对诗人的死表示哀悼。

罗莎、比阿特丽斯，连巴勃罗·内弗塔利都被马里奥沉默的情绪所感染，因此没有去打扰他。他们刷洗着晚餐时用过的盘子，平静地向乘夜车去圣地亚哥的最后一名旅客告别，没完没了地把茶袋放进开水里，用指甲把粘在桌子漆布上的食物碎块一点点抠下来。

夜里，邮递员不能入睡。时光一刻一刻流去，他双眼盯着房顶，没有任何想法可以分散他的心思。清晨五点钟，他听到大门口传来刹车的声音。从窗口向外望，一个留小胡子的男人向他做了个手势，示意他出来。马里奥穿上海员服，来到大门口。在这位小胡子、半秃顶的男人身旁，还有一个非常年轻、留着短发、穿着雨衣、打了一个粗大领结的人。

“您是马里奥·希门尼斯?”留小胡子的男人问道。

“是的，先生。”

“马里奥·希门尼斯，职业邮递员?”

“是邮递员，先生。”

穿雨衣的男青年从一个衣袋中掏出一张卡片，抬眼扫视一番。

“一九五二年二月七日出生?”

“是的，先生。”

年轻人朝年纪大的人看了一眼，后者对马里奥说道：

“好吧，您得跟我们走一趟。”

邮递员在大腿上擦擦手心。

“为什么，先生?”

“问几个问题。”留小胡子的人说道，把一支香烟放到嘴上，拍拍衣袋，像是在找火柴。马里奥正好和他四目相对，“例行公事。”他解释道。又向他的同伴做了个手势要火柴，同伴摇摇头。

“用不着害怕。”穿雨衣的人补充道。

“完事了可以回家。”留小胡子的人说道。他向一位从小车车窗口探出身子的人举了举香烟。大街上停着两辆车，这个人开着其中没有牌照的一辆，马达还在轰轰作响。

“只是例行公事。”穿雨衣的年轻人补充道。

“回答个把问题，然后就回家。”留小胡子的人说道，朝着汽车里的人走去，这个人从车窗口伸出一只金色的打火机。留小胡子的人弯下腰，议员拉韦熟练地按下打火机，一股火苗蹿起。马里奥看到，留小胡子的人直起身用力吸了一口香烟，烟头的火苗更旺了。他向穿雨衣的年轻人做了个手势，示意他过去和他上另外一辆小车。穿雨衣的年轻人没有碰一下马里奥，只是给他指了一下黑色菲亚特汽车所在的方向。议员拉韦的汽车慢慢启动了，马里奥和他的同伴上了另一辆车。驾驶座上一个戴墨镜的男人在听新闻。进到车里，他听到播音员的声音，军队已经占领了奇曼图出版社，并且查封了几种带有颠覆性质的杂志，如《我们智利人》《鸽子》和《第五只轮》。

尾 声

几年以后，我通过《今日》杂志得知，《第五只轮》的一位文学编辑在墨西哥经过几年的流放后回到了智利。因为同是文学团体的同志，我打电话约见了他。我们谈了一些政治问题，特别谈到智利实现民主化的可能性。过了一会儿，我听够了他流放生活经历的讲述，要了第三杯咖啡后，我问他是否还记得政变那年九月十八日本应刊载在《第五只轮》上获奖诗歌作者的姓名。

“当然记得，”他说道，“那是豪尔赫·泰列尔的一首杰作。”

我喝着不加糖的咖啡，用小勺在咖啡中不停搅拌，这可不是个好习惯。

“你不记得另外一首吗？”我对他说，“标题有点奇怪，或许现在提起来还能让你有点印象：《巴勃罗·内弗塔利·希门尼斯·冈萨雷斯的铅笔画像》。”

我的朋友拿起糖罐，举着它停留了一会儿，绞尽脑汁在记忆的汪洋中搜索，然后摇摇头。他不记得了。他把糖罐放到我的咖啡杯前，而我迅速用手捂住了杯口。

“不，谢谢。”我对他说，“我喝苦的。”

安东尼奥·斯卡尔梅达其人其作

李红琴

智利作家安东尼奥·斯卡尔梅达是拉丁美洲“爆炸文学”后至今仍活跃在文坛上的一位重要作家，多年以来凭借在文学、文化领域中的诸多成就，特别是他的许多作品被译成二十几种文字，不但在拉美享有盛誉，在欧洲乃至在世界范围内都是一位有影响、风头正劲的作家。

斯卡尔梅达一九四〇年生于智利北部城市安托法卡斯达。从他的姓氏上可以得知，他的家族是克罗地亚人后裔，但作者本人生在这个美丽的海滨城市，从他的许多作品中都可以看出他对家乡的眷恋之情。学生时代曾就读于位于首都圣地亚哥的智利师范学院和纽约哥伦比亚大学，学习哲学和文学。毕业后曾在智利大学教授拉丁美洲现代文学课程。流亡期间在德国的电影学院教授电影编剧课，并担任美国多所大学的拉美文学课的客座教授。九岁开始文学习作，很早便有作品见诸报章，一九六七年发表故事集《热情》，获得好评。一九六九年，他以《瓦房顶上的裸体人》这本短篇故事集获得著名的“拉美文学之家”大奖，因而声名鹊起，作家也因此走上了文学创作的道路。

正当文坛上的这颗新星冉冉升起之时，一九七三年智利发动了以陆军司令皮诺切特为首的军事政变，推翻了以阿连德总统为首的以推进民主权利为目的的合法政府，一时间乌云密布，法西斯政权开始了对这个国家的长期统治。斯氏和大批受到独裁政权迫害的受害者一样，被迫流亡海外。当时，他在大学担任文学教师，借助和一位德国导演共同制作一部电影的机会而去了德国。飞机着陆后，一位同行的朋友对斯氏说道：“老兄，这次旅行也许将是一次长途旅行。”事实正是如此，斯氏在德国生活了十五年之久。在德流亡期间，他除了在大学担任教学工作和在德国电视台工作以外，丝毫没有离开他所热爱的文学创作，而且取得了令人瞩目的成就。一九七三年他发表了短篇故事集《自由的子弹》，以二十世纪七十年代不安定的、动荡的社会生活为背景，通过几位主人公在智利革命进程中的不同经历，用不同于传统的处理文学创作和描述现实关系的手法，反映了人对生存和爱的强烈愿望。在这本书中，斯氏所特有的讲述故事的手法再次得到体现。一九七五年他在西班牙巴塞罗那一家小出版社出版了小说《我梦见雪在烧》。故事的主人公是一群在公寓房子内相遇的年轻人，其中一位有天赋、有个人主义思想的外省青年，他既想在足球场上大展宏图，又想在情场上得到爱情，而从一九七〇年到一九七三年，他的所在地首都圣地亚哥，到处充满了政治激情：民主选举使左派代表人物把阿连德推到了总统的位置，左派游行庆祝阿连德走进了莫那卡宫，右派颠覆被破坏……

在德国生活期间，他非常了解大批和他一样在这个国家进行政治避难的他的同胞，无论他们是成人还是儿童。于一九八〇年发表的小说《什么也没发生》就是借一个十四岁的少年之口，讲述了千百万逃离了祖国的人们的家庭生活。这些稚嫩的儿童，逐渐开始接受移民国家的新生活，和父母们分享新生活的快乐，同时分担着忧愁。他们仇恨迫使他们离开祖国的法西斯，却又无可慰藉地怀念昔日故乡的一切，同时夹杂着对居住国各种新鲜事物的强烈好奇和对未来的美好憧憬。

斯卡尔梅达自认为是“思想上的无政府主义者”，“不过问政治，不和政客来往，不和资产阶级掺和，不加入任何组织，全力以赴去想象”。但是在现实生活中，他的行动并不是如此简单。他在自觉不自觉间，以笔为利器，用以鞭笞敌人，抒发政治主张。一九七三年智利发生的军事政变，使他成了新政权的“天敌”。他对独裁政权感到愤慨，对社会民主强烈向往，正是在这样的背景和心境下，他于一九八二年发表了文学生涯中的一部重要作品——小说《叛乱》。这部书问世后即引起了人们的热切关注。当时作者侨居德国，由于政治上的原因，该书先以德文发表，继而被译成丹麦文、荷兰文、俄文、瑞典文广为流传，之后才在美国一家企业的资助下，以西班牙文的形式出版发行。《叛乱》的问世奠定了他在拉美文坛上的重要位置。《叛乱》的素材取自真实的历史事件。小说以尼加拉瓜人民反对索莫萨独裁政权为背景，表达了作者坚信人民的斗争必然战胜反动独裁者的信念，同时也表达了他对智利国内形势的政治立场。小说由德国著名导演、斯氏多部电影的合作伙伴彼得·利连索尔改编制作成电影，并在德国的电影节上获奖。

众所周知，在智利这块国土上诞生和养育过一位伟大诗人，诺贝尔文学奖获得者巴勃罗·聂鲁达，他是斯卡尔梅达的导师和朋友，他亲自指引这位当时还年轻的文学爱好者走上了文学创作的道路。当斯氏还是一个毛头小伙儿时，他曾拿着自己的第一部作品向诗人请教。聂鲁达匆匆翻阅了几眼，一边提提裤子一边说道：“好的，年轻人，两个星期后我会把我的意见告诉你。”两个星期后，年轻人敲响了诗人在黑岛别墅的大门铃铛，诗人走了出来。“是我，诗人。”“我看到了。”“您读过了？”“读过了。”“您觉得怎么样？”“很好。”年轻人正要表现出得意的神情，诗人说道：“但是那不说明任何问题，因为所有的智利作家的第一本书都写得非常出色，让我们等着看第二本吧。”作为自己所崇拜的老师和朋友，聂鲁达的诗句或曰聂鲁达式的诗句几乎在斯氏的每部作品中都可以看到被他巧妙加以引用的痕迹。聂鲁达在他的心目中，不仅仅是一位伟大的诗人，也是他政治和生活方向的指引者，因此，当智利发动的军人政变使这位爱好和平和民主的诗人受到迫害时，斯卡尔梅达的心灵被深深震撼了。一九八三年，智利伟大的爱国主义诗人、诺贝尔文学奖获得者巴勃罗·聂鲁达逝世十周年之际，作为聂鲁达的朋友、学生，当时已很有名气的斯卡尔梅达，倡议国内每位作家创作一部小说，以纪念逝去的诗人。就是在这样的背景下，诞生了作家的《火热的耐心》(即《邮差》)一书。小说中有一节叙述的是智利人民观看聂鲁达领取诺贝尔文学奖时的情景，聂鲁达在演说词中引用了法国诗人兰波的一句话：“只要怀着火热的耐心，我们定能攻克那座将给予所有人以光明、正义和尊严的壮丽城池。”原书名正是源于此处。大概令作家本人也始料不及的是，小说一发表便得到如潮好评，除了被译成多种文字，还被选入欧洲和拉美很多国家大、中学校的教科书。一九九四年，由英国著名导演迈克尔·雷德福执导、意大利著名喜剧演员马西莫·特罗伊西担任主要角色邮递员，作家亲自审定电影剧本的电影开始拍摄。马西莫在上这部电影之前，因其成功塑造过许多角色，已是一位家喻户晓的著名演员。他患有严重的心脏病，但是当他一看完剧本，就认为这将是他今生最成功的角色，因此他不肯为治病而放弃这个机会。导演几次提醒他“一部电影不值得搭上一条性命”，而他却说：“这部电影就是我的生命。”他执意用自己的全部身心再现所扮演的角色，到最后录音阶段他完全和剧中所饰演的人物融为一体，人们很难看出他是在演戏还是在现实之中，虚弱的他最多只能录音两小时。他所扮演的邮递员果真获得巨大的成功，然而就在电影停机后十二个小时，摄制组的同行们在酒吧庆祝成功那刻，在他应约前往医院手术的这一天，他还没来得及收到鲜花和听到掌声就永别了人世。这一真实的故事为这部为人们所热爱的文学作品添上了一抹美丽的色彩。影片在世界范围内获得了广泛好评，特别值得一提的是，该影片获得一九九六年第六十八届奥斯卡金像奖五项提名，小说也因此在很多国家一版再版。作者本人承认他“迟迟不能从这部作品的巨大成功中走出来”，可以肯定地说，这部作品的成功，把作者推到了名利双收的巅峰。

一九八九年，作家发表了另一部小说《爱情的速度》，被美国的文学评论家称为“爆炸后文学”的新浪漫主义作品。小说写的是一个五十二岁、居住在德国的美国医生，平日办事循规蹈矩，却在头发花白的年纪爱上一个十五岁的网球世界冠军，那早已离他而去的热烈的爱情又在心中复活了。这种几乎可以说是荒诞不经的故事在斯氏的作品中已经司空见惯。该小说一经发表就有三家电影制片商争购改编权。

接下来是作家长久的“沉寂”，达十年之久，甚至有个杂志戏称其为“一个忘了写作的作家”，斯卡尔梅达似乎在文坛上消失了，他或许成了名副其实的电影人、电视人，因为他以前发表的所有小说全部拍成了电影。人们说，斯卡尔梅达“一本小说，一部电影”。此外，他还受邀将诸多名著改编成电影，如智利著名女作家伊莎贝尔·阿连德的《埃娃·卢纳》《幽灵之家》等，共达二十几部。虽如此，他却一天也没离开过他所热爱的文学事业。一九九〇年他回到了阔别十五年的祖国，在首都圣地亚哥定居。在诸多他所投入的文学和文化工作中，他发起创办了电视节目《书秀》，并亲自出马担任主持人，被人们亲切地称为“书先生”。这一文化性质极强的节目，用幽默风趣、生动活泼的形式介绍文学，介绍作者，介绍新书，是个健康、高品位、受到广泛欢迎的节目，特别是它所起到的激发人们阅读兴趣的作用，受到一致好评，先后在智利、西班牙和联合国教科文组织获奖。后来这一节目又有了新的发展，随着它的影响日益扩大，美国有关部门还通过美国“人民与艺术”有线频道向美国、西班牙、拉美，包括巴西和葡萄牙进行制作、转播。节目的名称是《书塔》，邀请拉美地区最著名的作家共同参与，可以相信，在这些知名作家和学者的努力下，定会对介绍和传播拉丁美洲文学发挥更大的作用。但这并不是斯卡尔梅达回国后的全部工作。在文坛上“沉寂”了十年，“忘了写作的作家”终于首先在西班牙，然后在智利，向读者奉献了他的新作——长篇小说《诗人的婚礼》。

小说先在西班牙发表，一个月后在智利出版，拉美各国文坛再次掀起了斯卡尔梅达热潮。小说以移民问题为题材。在小说的开头作者写道：“我爷爷在安托法卡斯达时对我说过……”众所周知，作者的祖父母是从南斯拉夫移民到智利的，作者本人虽出生在智利，作为移民的后代，他非常熟悉移民的生活。特别是一九七三年智利军人政权上台后，他和千万个背井离乡的智利人一样，离开了自己的祖国，和家人移居德国多年。因此，他对移民有着非同一般的感受。但是如果认为这是一本自传体小说，那就错了。作家本人认为，当今世界战事频频，随之而来的是大量难民问题，除此之外，国际社会中移民现象越来越普遍存在和使人关切，加上他本人天生具有的移民情结，这些都是他写作的初衷。故事发生在第一次世界大战爆发之前的亚得里亚海岸一个叫赫玛的小岛上，小岛隶属于奥匈帝国。奥地利人赫罗尼莫·菲朗克，即书中的富人，移民到这个岛上，收购了本地的一家商店，并准备和岛上最漂亮的姑娘阿丽亚·埃玛尔结婚。生活在岛上的一家人，父亲何塞·科贝达，长子雷依诺·科贝达，次子埃斯特万，一家两代人都力图从帝国中独立出去，他们不但有思想而且有行动。作者通过一系列荒诞不经的情节表达了独立和反独立两派之间的抗争。诗人埃斯特万·科贝达也和岛上最漂亮的女子深深相爱，最终他们走进了婚姻的殿堂。奥匈帝国的代言人、一位盲目听信帝国命令的“将军”，带领士兵破坏了新婚家庭的生活，并用武力制伏了整个小岛，新人乘坐的船只被俘，新娘爱上了别人，科贝达两代人争取独立的斗争无果而终，甚至家破人亡，走上了移民流亡的道路，两兄弟其中一人在智利的圣地亚哥登陆，另一人抵达了美国的纽约。这两个城市发生的事情，也为作者下两部小说埋下了伏笔。小说的创新之处在于用非常现代的方式把人的爱情、心理活动和历史有机地融合为一体，书中的主人公全是小人物，他们在没有准备的情况下，完成了一系列英雄创举，而他们正是重大历史事件的牺牲品。有人把这部作品称为反史诗（Contra-épica）文学。作者的这本长篇小说于二〇〇〇年五月获得智利阿尔达索尔（Altazor）文学奖。小说在西班牙连续六个月高居畅销书榜首，并被译成英文、意大利文、德文、法文、葡萄牙文、土耳其文等等。估计不久就会看到被改编成的电影。

二〇〇一年，《诗人的婚礼》的姊妹篇《长号手带来的女孩》如约而至。埃斯特万·科贝达流亡到智利的安托法卡斯达。一天，从欧洲来了一个长号手，他把一个两岁的女孩交到埃斯特万手中，说是埃斯特万的孙女。尽管埃斯特万对此持疑惑的态度，但最终还是接受了她，于是女孩在他身边度过了童年和青少年时代，他们之间由于爱、痛苦、嘲笑和幽默发生的许多事情，使他们之间的亲密联系远远超过了血缘的关系。当女孩得知当年地中海那个岛上那位不幸的新娘阿丽亚可能是她的祖母时，她决定要把这件神奇的事情进行到底，她相信这就是自己的身世，并使用祖母的名字给自己冠名。阿丽亚·埃玛尔和生活在这里的其他移民一样，特别喜欢电影，爱做出富有浪漫主义色彩的英雄举动，执着地向往着纽约，梦想着有一天在那里找到自己的叔爷爷雷依诺·科贝达，而且相信他就是神奇的电影的发明家，于是在寻找同行去冒险逃往纽约的过程中，她认识了各种不同类型的人，也发生了一千一百个作家用其特有的讽刺并夹杂着欢乐讲述给我们的妙趣横生的故事，同时也为尚未问世的“三部曲”中的最后一本书，即赫玛岛上的人逃到纽约后发生的故事留下了一个活扣。

纵观斯卡尔梅达的主要作品，我们有充分理由将他称为拉美“爆炸文学”后最重要的作家之一。斯氏在一九六七年发表故事集《热情》之后，特别是发表《瓦房顶上的裸体人》获“拉美文学之家”奖后，立即引起文学界的极大关注，甚至可以说，斯氏的开山之作也是“爆炸后文学”时代开始的重要标志。下面就让我们在斯氏发表的主要作品中去印证这一看法。

一九六七年斯氏《热情》一书发表，读者感到眼前一亮，耳目一新，因为人们在这里看到了在此之前智利文学作品中从未见到的题材和典型人物。这本故事书中的主人公们，或游荡在大街上，或痴心地爱恋着，他们是以一个前所未有的崭新的面目出现的。如果说“爆炸文学”中的主人公们沉陷在一种神秘的、昏暗的状态中，甚至有时是为某种任意的、不可认识的信条所束缚，那么在斯氏笔下他们将成为一个面目全新的群体。他们大胆、活跃，充满激情。虽然他们大多是无足轻重的小人物，他们有生活（也许是极其艰辛地生活在社会上），他们有激情（也许仅是一厢情愿的单相思），但是，作者赋予了他的主人公一种信念，使某种行动成为可能，使某种想法成为可能，让某种“幻想”或是“魔幻”与现实生活产生密切的联系，于是一个新的文学的境界就这样产生了，而这正是“爆炸后文学”的一个特点，这是一个崭新的、富有生命力的看点。除此之外，还有一个重要的方面不可忽视，也可以称之为“爆炸后文学”的另一特点，那就是我们在这里看到了在“爆炸文学”中几乎被作家们遗忘的对感情的描述，具体来说就是对爱情的描述。按照作家发表作品的大致顺序，让我们先来看看作者在二十世纪七十年代发表的短篇故事中的一篇《相好》：一位生活在纽约的智利青年在地铁里遇到一位年轻姑娘，看见她第一眼时便疯狂地爱上了她。但他不会说英语，他不知如何去沟通，他唯一想到的是偷她一只鞋。他拿着她的鞋子不知如何是好。故事叙述的是直到姑娘下车这段时间内年轻人所想到的一切事情。他想了很多，想得很远，想到会和这个在瞬间所爱上的姑娘一起共同生活，一起购买唱片，听音乐，买房子，早晨七点体面的早餐，那是充满了笑声的日子，还有无尽的温存和亲热，还有“性”，“我会用一个世纪的时间停放在你的深谷之中……”。总之，面对真实存在的女孩的身影，通过漫无边际的幻想，一个智利孩子的梦想得以实现，虽然就在此刻之前，在纽约的小酒吧里“他早已将自己消耗殆尽：收拾桌子上的残羹剩饭，清扫瓷砖地面，用可怜的劳动所得买到在破旧的小旅馆中杀掉蟑螂的权利……每天，在柜子上的蓝色脸盆里，倾吐着日复一日的寂寞，租用一块可以把屁股安放下的木头，可以弯弯两腿，看看自己在世界上这个最大的城市里因饱尝了沥青而充血红胀的双腿……”。然而，在这样的境遇里，作者却借主人公的口气说道：“然后，你爱怎么想就怎么想吧。你可以毁灭我、嘲讽我，如果我背约于你，哪怕在我的床上，你可以和别的男人睡觉，但是，首先要给予我向别人炫耀你的机会，让我向你显示，任何一个知道饥饿、没有野心的动物都能够成功，都能梦想……”让我们就此主题和“爆炸文学”做一下对比。作为一场文学运动，近二十年来，虽然“爆炸文学”作品中的主人公各式各样，但总让我们感到或看到了某种空白，那就是存在的空白，感情的空白。而斯氏笔下的主人公们，毅然决然地从空白中走了出来，即使生活在下层，即使是无足轻重的小人物，他们仍然充满激情、幽默自嘲，他们冲破使人与人之间分隔开的诸如语言、不信任、恐惧感、强烈竞争等等障碍，而去和对方沟通、交流、表示爱慕……因此可以说，感情、爱情是斯氏作品中“爆炸后文学”的重要题材。

《嘴上叼着康乃馨的男人》也是作者早期发表的一个很有代表性的故事。作者视角独特，立意新颖，写的是一个叫豪尔赫的葡萄牙青年，他在推翻葡萄牙独裁政权后，曾发誓要叼着康乃馨度过新年的第一个夜晚。在全民欢庆新年即将到来的夜晚，他偶遇了一位姑娘。青年并不知道她来自何方，姓甚名谁，却邀她共度美好的夜晚，继而提出一块儿睡觉，但遭到姑娘的婉言谢绝。应当说，这篇故事虽然也属于“爆炸后文学”以爱情为主题的范畴，但与此同时它还为我们揭示了一些拉美现实生活中更加深层次的东西，那就是在这些国家极为普遍存在的大男子主义。在拉丁美洲，这一社会现象既有其历史渊源，又有其现实表现。故事的开头，就让我们看到了“姑娘沿着树木行走，带着只身一人的女子在公共场所所特有的正经、谨慎又似乎心不在焉的神情急匆匆地走着，就像孤独是一种难堪，就像所有男人的嘴巴都大开着，要去舔她的脖子或咬她的嘴唇”。故事的戏剧性在于：在这样一个特殊的夜晚，从长达四十年的法西斯统治下解放出来的时刻，全民在这里庆祝，不分男女老少，不分阶层和肤色，而我们的女主人公还是以这样的姿态出现在众人的面前，因为她是没人陪伴的女性，于是她必须压抑着自己的真实想法，装出朝向一个目的地行走的样子。也正是在这种情况下，她才那样自然地接受年轻男子的拥抱。这名男子在法西斯垮台时宣誓，要在嘴上叼着康乃馨度过新年的第一个夜晚。在这里，如果我们把年轻人豪尔赫的进入和他对女主人公的拥抱认定为女主人公此刻又回到了男权为主的传统的社会秩序中，那么她不再是一个没有男人陪伴的“另类”，她可以放松自如地待在人群里了。她几乎下意识地被牵着走，然后，和所有新结识的男女一样，在小餐馆里分享面包和酒，豪尔赫要向女子倾诉自己的快乐，而到此刻我们还不知道女子的来历，只知道她讲西班牙语而不是葡萄牙语，在故事的结尾处我们才知道她是智利人，逃离法西斯统治下的祖国，移居罗马尼亚。对他们两人相识过程的描写，表现了一种近乎本能的对女性的忽略和漠视。这种“大男子主义”综合征在斯氏的早期作品中是常见的。“但是最终，小伙子什么也没问。”女子在象征“力量”和“权力”的男子面前，自始至终是被动的，卡门是豪尔赫欲望的对象，而他完全受自己主观愿望的支配，于是他说道：“我现在就付账，我们回家，你留下和我睡。”按照传统的“大男子主义”的做法，这似乎是合乎情理的，在相遇相识后，卡门是这道大餐的“饭后甜点”，而豪尔赫完全凭自己的主观愿望安排了这一切。故事中两人的话语并不是很多，这种以“静默”代替语言的手法在作者的作品中很常见，在上面提到的《相好》中，可以更清楚地看到这点。在类似这样的男女之间感情特别微妙的时刻，爱情成了主人公，而故事中的人物和话语都不是最重要的，更何况话语说得不当，还会“扼杀”爱情。可是，没有话语就没有故事，就没有进展，于是《相好》中的小伙子就在内心独白中度过了和姑娘一起在车厢中的时刻。这篇故事中的女子则只简短地说了“我不想”“我不能”，以不能不顾母亲职责为理由，委婉地回绝了男青年。结局是年轻人又返回了女子入住的旅馆，来到了她的房间，但并不是强求女子做她不想做的事，而是一本正经、非常温柔地把那支他曾发誓整个夜晚会叼在嘴上的康乃馨放到了她的花瓶中献给了她，这时他发现，她的花瓶中摆放的也是康乃馨。在这篇故事中，康乃馨也和葡萄牙社会党有关联，该党在推翻萨拉萨尔的独裁政权后，夺得了第一次民主选举的胜利，党徽就是一支红色的康乃馨。此刻小伙子明白了，她不是大街上偶遇的风情女子。使豪尔赫改变态度的另一原因是，他从女仆口中得知女青年是智利人，而且她和为数众多的智利人一样，和我们的作者一样，正离开祖国准备移居他国。豪尔赫对她的同情和尊敬之心，对自己曾有的漠视的悔恨之意竟油然而生。西班牙伟大的爱国主义诗人、戏剧家加西亚·洛尔迦在他的《血的婚礼》中早已把康乃馨比作“大男子主义”或“少爷”作风的象征。豪尔赫最后说道：“下次，你可要说清楚呀。”这也看出他对待一个受法西斯迫害而逃离祖国的女子和随便一个路过此地的旅游者的态度是截然不同的。

斯卡尔梅达最先发表的作品是短篇故事，它们不但获得了奖项，引起文学界的关注，而且被评论家认定为“爆炸后文学”。从作者以后的作品，特别是后来陆续发表的中、长篇小说中不难看出，他正是沿着这条既延续和发展了上一辈作家的创作，又有极其明显个人特点的道路走了下去。下面让我们看看他的比较有代表性的两部小说。

作者在国外流亡期间发表的小说《叛乱》是作者文学生涯中的一部重要作品，它的主要情节是这样的：二十世纪三十至五十年代，尼加拉瓜人民处于阿纳斯塔西奥·索莫萨王朝的统治之下，尼加拉瓜人民，即小说中的莱昂城的市民，与独裁者展开了大智大勇的斗争，并取得了最后的胜利。作者通过不同人物的不同经历向我们展开叙述，让我们看到在尼加拉瓜发生的事情。和一切独裁者一样，统治者暴戾恣睢，以高压和卑劣的手段掩盖其虚弱的本质，对人民进行百般折磨，然而，没有任何先进武器的善良的人民，除了具有战胜敌人的勇气，还有对正义事业的忠诚，有机智的头脑和无穷的智慧。他们创造了一套特有的、行之有效的斗争方法，例如在市民之间用暗号传送秘密信息。他们采用消防队员想出的计谋，在民房之间穿墙凿壁，秘密铺设了一条长长的、与消防车相连的帆布管子通道，管子内注满汽油，一直通向敌人指挥部，把敌人困在熊熊的红色火焰中。小说把我们引到一个正在经历着战争的社会群体之中，一个以众多女人为主角的城镇，因为她们的父亲、儿子、丈夫、情人被抓去打仗了，遇害了。当然，还有一些男人秘密地在游击队参加战斗。他们中间有一些非同寻常的人物，例如梅诺尔一家。奥古斯汀·梅诺尔被“国民军”抓去当了一名士兵，伴随着反独裁斗争的日益高涨，是继续违心地留在反动军队中，还是投身到桑迪诺民族解放阵线中，使他十分矛盾和痛苦。偶尔几次探家，都爆发了激烈的家庭矛盾。而他的姐姐，“城里最漂亮、勾人心魂”的维多利亚，是坚定的民族解放阵线的战士，狂热地追求着她的男友雷昂内尔，是一名勇敢的游击队员，利用战斗的间隙，他用聂鲁达式火辣辣的诗句向姑娘表白爱情，他们用投身于斗争的实际行动，等待着胜利来临时幸福的结合。在父亲的压力之下，在敌人部队开了小差的奥古斯汀被弗洛雷斯上尉抓回。而在最终的战役打响之前，他的父亲和姐姐也被敌人抓到敌军营，姐姐为了保住可以日后复仇的宝贵生命而容忍了弗洛雷斯的强暴。当敌人把他的两位亲人当作人质时，奥古斯汀奋不顾身扑向了敌人的枪口，用年轻的生命为游击队争取了时机，救下了亲人，击毙了他原来的上司弗洛雷斯。胜利从来是要付出昂贵的代价的，母亲失去了唯一的儿子，女游击队员失去了昔日朝夕相处的手足，姑娘失去了准备献给心爱之人的贞洁……小说的结尾是，莱昂城沉浸在胜利的喜悦中，游击队员维多利亚和恋人雷昂内尔双双在清新的水流下沐浴……

坦率地说，反映人民反抗统治者的题材对中国读者而言是非常熟悉的，用可读性来衡量这部作品，它似乎也比不上一个缠绵悱恻的爱情故事，但是就这样一个近乎传统的题材，斯氏却在写作风格上拥有自己的独到之处。故事中没有轰轰烈烈的人民斗争，也极少有正面的军事冲突和突出的个人英雄，有的仅是看上去毫不起眼的小人物：妇女、神父、邮差、修鞋匠、剃头匠，他们在各自的岗位上，发挥各自的优势和特长，使统治者显得既无奈又无能。请重读这一小节，当上尉弗洛雷斯面对在司令部门口要和他理论一番的人群时，他的部下问他：

“您在想什么，上尉？”军曹问道。

“这场战争有很多条战线。”他一边说一边看着神父，想从他的面部表情来察看他的激烈程度。他宁愿面对一场阵线分明的战争，一场能够确切地知道应当怎样对付每次进攻的战争。军曹做出一副轻蔑的表情。

“这些老娘们儿的‘叽叽喳喳’也算是‘进攻’吗？”

就是这些生动的章节和发生在每个小人物身上的故事，有如一幅幅各不相同的图画，把它们拼接在一起，绘制成了一幅完整、有趣、耐人寻味的画卷，这就是全体民众作为集体主人公拼接成的一幅人民战争的画卷。可以说没有突出的个人英雄，没有明显的个人作为全书的主人公，莱昂城的全体民众就是主人公。除了在情节铺设上有新颖之处，作者在写作风格，特别是在语言文字的驾驭方面，显示出了大家风范。美国文学评论家认为，作者用诗歌一般精炼、丰富而生动的语言，用写实和文学夸张相结合的手法，写出了最朴实的人民的大智大勇。书中把人物大量的内心世界的描写和对外部环境的描写相结合，把个人的秘密和民族大业的描写相结合，对战争和遭受压迫的痛苦和斗争胜利所带来的幸福的描述更是贯穿全书。作为文学家，从发表作品开始就显露出的睿智幽默的写作风格，始终不丢弃“嘲讽”的写作手法和具体的令人忍俊不禁的例子，在全书中更是俯拾皆是。

于一九八五年发表的小说《邮差》，是作者在写作生涯中成熟的重要标志，也是作者在这条道路上取得成功的里程碑。小说的主要情节是这样的：青年渔民马里奥偶然得到一份邮递员的差事，但是客户只有一位——在黑岛拥有一套别墅的著名诗人聂鲁达。于是马里奥和这位唯一的客户建立了深厚的友谊。马里奥虽然只读过几年书，但他是一块可以雕琢的璞玉。在诗人的启发下，他痴迷上了诗歌，他费尽心机向诗人讨教，宁肯放弃丰厚的小费。诗人用通俗的比喻、极其幽默的语言给予了他诗歌的启蒙，使他对高雅的诗歌渐渐领悟。在聂鲁达爱情诗歌的熏陶下，马里奥以充满诗意的纯情爱上了在小酒馆工作的美丽姑娘比阿特丽斯，他用聂鲁达的爱情诗歌频频向姑娘献殷勤，赢得了姑娘的芳心。正当青年人对未来充满憧憬之时，婚事遭到姑娘母亲的强烈反对，因为小伙子除了脚趾上的脚气，一无所有。马里奥求助于聂鲁达，诗人用聪明的“比喻”和这位丈母娘“谚语”的大炮展开了一场舌战，好事多磨，有情人终成眷属。诗人聂鲁达亲自参加了婚礼。大选胜利后，聂鲁达受命赴法国担任驻法大使。一天，马里奥平生第一次收到了一封信和一个包裹，这是诗人寄自法国的一台小录音机。诗人想念家乡，他请求马里奥为他录下家乡黑岛的风声、鸟鸣、大浪滔滔和自家清脆的风铃声……忠诚于友谊的马里奥尽心尽力为诗人做了这一切，并连同自己的习作诗歌一并寄给了诗人。一九七一年，聂鲁达获诺贝尔文学奖，马里奥和他的家人乡亲们一道收听了聂鲁达领奖时发表的演说。

一九七三年智利右派分子发动军事政变。已回国居住在黑岛的聂鲁达遭到敌人的控制和迫害。马里奥冒着生命危险，绕道海边来到聂鲁达的家中，在诗人的病床前，他把其他国家发来的声援诗人的电报背给他听。诗人什么也没回答，他执意请求马里奥搀扶着他向面朝大海的窗口走去，他要再看看太阳，再看看大海……聂鲁达逝世后，马里奥遭到了军政府的逮捕。

作家早在一九八三年已写出了与《邮差》内容相同的话剧版本，在欧洲和美国有不少剧团排练上演。当他在国内号召大家为纪念聂鲁达而写小说时，他早已烂熟于心的作品便一挥而成了。虽然很多人都知道作者的故事存在很多虚构的成分，可以说是通过文学的手段创作了一个美丽的故事，但在不同场合，人们禁不住还是要问，聂鲁达的邮递员在哪儿？他现在是诗人吗？他和比阿特丽斯生活得如何？善良的人们多么希望作家笔下的一切都是美好的现实啊。

作者的聪明之处正是在于在现实的基础上想象这美好

的一切，巧妙地运用文学的方式表达了作者和全体智利人民对聂鲁达的热爱。安赫尔·拉玛曾经说过，拉丁美洲最好的文学作品是中篇小说，因为它是讲述一个完整故事的最好方式,《佩德罗·巴拉莫》《没有人给他写信的上校》及斯氏的《什么也没发生》《邮差》都是很好的范例。

在斯氏的作品中词汇不仅仅是沟通的符号，作者赋予了词汇超出字面的很多含义。在《邮差》这部小说中，作者除了在策划情节方面机敏过人，其成功的另一因素还在于作者用精心选择的珍珠般的词汇串联全书，这也是很多院校选择这部小说做教材的原因。在书中，无论是通过马里奥和聂鲁达的对话、马里奥用朗诵诗歌的方式追求自己的恋人，还是通过聂鲁达和马里奥未来丈母娘的舌战，都可以领教作者用形象化的语言表达复杂的思维和概念的匠心独具，对斯氏在作品中的语言，要像马里奥“指教”他的丈母娘那样，才能有所领会。当她宣读诗人从巴黎寄来的信时，马里奥对她说：“您读得太快了……要去咂摸这些词汇的滋味。”所以有人称，斯氏的作品使用的是魔幻语言，对于魔幻语言，反复咂摸滋味会越来越有味道。《邮差》一书中，作者把聂鲁达的许多诗句，或者说，聂鲁达式的许多诗句巧妙地按情节需要穿插在书中，加上作者在语言上的文采，两者结合起到了相得益彰的作用。在小说《叛乱》及其他作品中作者也是在各种不同的场合或借主人公之口，或由于情节需要而直接引用，或加上作者的意思修改援引，不但使文章增色不少，也足以看出斯卡尔梅达对先人聂鲁达一如既往的热爱。在智利记者的一次采访中，斯氏坦白地承认，早在少年时代他就学会了这手，他曾用聂鲁达现成的诗句讨好女孩，而对方并不知道他是在背诵别人的诗篇。斯氏对诗人和诗歌特别情有独钟（比如《诗人的婚礼》中的主人公也是诗人，但他不是《邮差》中的诗人）。斯氏认为，诗歌能使世界沸腾，诗歌是使人们理解世界的魅力的最好方式。在《邮差》中，作者用诗歌使两个对立的、意味着两个极点（高雅诗歌—民间谚语；知识分子—普罗大众；主流社会—非主流社会；穷人—富人；等等）的世界不但有了联系，而且还将延续和发展下去，即诗人的艺术家的世界和邮递员的卑微的世界在现实生活中确实在延续着。在现当代作家随着时代的发展发明了无数几乎令人眩晕的写作手法时，斯氏始终没有丢弃很多所谓传统的写作手段，在很多人对此几乎不屑一顾时，他却把传统中的很多优秀的东西发挥到了极致。例如，在《邮差》中作者借马里奥和聂鲁达的对话，对诗歌中常常使用的“比喻”，做了极好的诠释，而精彩的比喻在他的其他作品中也比比皆是，在短篇故事《相好》

中，男主人公把他捧在手里的姑娘的脚比作“一小块阳光”，就是很好的例子。总之，在作者的笔下，词汇成了他讲故事的得心应手的工具，词汇是桥梁，通过它，可以包容心灵间分离的距离，语言是媒介，它使有形的物质世界和无形的精神世界结合在一起。

在《叛乱》和《邮差》中，除了生动和形象化的语言，另一极其重要和显而易见的风格就是幽默和大量的嘲讽。生活中的作者本身就是一个很幽默的人，他不但喜欢嘲讽别人，也喜欢自嘲，他的秃顶总是他借以自嘲的道具。而在这两本书中，他用嘲讽的手段无情地打击敌人，也用同样的手段，善意地嘲弄他所热爱的主人公们。作者坦言：“‘嘲讽’是我的文学作品中不可或缺的东西，无论是嘲讽他人还是自嘲，它使故事中的一些提法、话语、情节能够保持在和读者形成一种共谋关系的状态，‘嘲讽’也避免了作者主观、武断强加于人的口气。”他还真诚地告诉我们：“作为作家，很好地使用这一文学手法，它是我追求的理想，也是我喜欢采用的一种手段，通过它，我们极力从压力中得到解脱。”斯氏文学创作中对这一手段的运用，在他所有的作品中都有充分的展示，事例生动形象，可以说到了炉火纯青的高度。总之，作者巧妙地在《邮差》这部作品中安排了动人的情节，把诗歌、柔情和嘲讽有机地结合在一起，创作了一个有深厚生活基础的美丽故事。影片放映后，在意大利的街头出现了这样的年轻人，他们的T恤衫上写有电影主人公的一句话："诗歌属于使用它的人而不属于创作它的人。"这种武断和有失公正的态度不正是作者借读者之口表达了他本人的文学立场吗？

作家本人认为，他从事写作，是出于想写些什么的冲动，他自认为他并没有以故事来教育他人的目的，他酷爱想象，以高超的想象自娱和娱人。他笔下的对象经常是小人物、边缘人物、学生、冒险家、日常生活中的弱者，也不乏大千世界的"小英雄"，他们就生活在大街小巷里、在沙滩上、在竞技场上，和我们呼吸着同样的空气，和我们一样有七情六欲。作家用他们的语言描绘他们，同时加上作者的艺术的联想，于是我们在欣赏这些作品时，往往需要在他语言描述的导引下，去想象一幅幅画面。特别是他笔下的有些主人公在梦幻中、醉酒时、昏迷时，作家大胆地使用充满诗意、缺少理性的联想，更确切地说，体现了魔幻现实主义写作手法的联想，用语言成就了纷乱复杂的形象，有时让人不知所云。但是它的好处在于产生了自然、活灵活现的效果，完成了沟通的目的。作者认为，这也是讲述生活中高度紧张状态的"秘密武器"。每当读到他的这些章节时，都令人不禁联想到他和上一代魔幻现实主义作家难分难解的渊源。

美国出版的一本关于拉美现代文学作家的辞典中，在智利的条目下只提及三个作家，即何塞·多诺索、伊莎贝尔·阿连德和斯卡尔梅达。有人认为，他是继鲁尔福、加西亚·马尔克斯、奥内蒂和科塔萨尔之后拉丁美洲最优秀的现实主义作家。从最近这些年他频繁地出现在北美、欧洲和拉美文坛上的现象可以看出，目前他是拉美国家文坛上最抢眼的作家之一。我个人认为，二十世纪六七十年代大量优秀作家集中涌现形成的“爆炸文学”逐渐衰退后，由于这一代作家的强大实力，对后来的作家来说，仍然不失为一股强大的挑战势力，因此，很多“爆炸后文学”的作家，虽然他们才华横溢，仍然不可挽救地在上一代作家杰出“技艺”的风浪中翻船沉没，而斯卡尔梅达，凭借自己的力量，他的写作主题，不循规蹈矩的选材，他笔下的人物，他对“魔幻现实主义”奇妙的发展和使用，特别是因他的作品而变得更加丰富多彩的语言，使他在众多“爆炸后文学”沉船覆没的作家中不但幸存了下来，而且还成为一位名副其实的佼佼者。

二〇〇七年六月

Antonio Skármeta
El cartero de Neruda
Copyright © Antonio Skármeta, 1985
c/o Agencia Literaria Carmen Balcells, S.A.
Simplified Chinese edition copyright © 2025 Archipel Press

图字：09－2024－0854 号

图书在版编目（CIP）数据

邮差 / （智）安东尼奥·斯卡尔梅达著 ；李红琴译.
上海 ：上海译文出版社，2025. 5. -- ISBN 978－7－5327－9918－3
Ⅰ. I784.45
中国国家版本馆CIP数据核字第2025AA7732号

邮差
［智利］安东尼奥·斯卡尔梅达　著　李红琴　译
特约策划/彭伦　邓莉　责任编辑/刘岁月　封面设计/一亩幻想

上海译文出版社有限公司出版、发行
网址：www.yiwen.com.cn
201101　上海市闵行区号景路159弄B座
上海市崇明县裕安印刷厂印刷

开本850×1168　1/32　印张5.5　插页2　字数69,000
2025年5月第1版　2025年5月第1次印刷
印数：0,001—6,000册

ISBN 978－7－5327－9918－3
定价：58.00元

本书中文简体字专有出版权归本社独家所有，非经本社同意不得转载、摘编或复制
如有质量问题，请与承印厂质量科联系。T：021－59404766